玉想
張曉風 著

重讀曉風《玉想》，兼懷李霖燦老師

蔣勳

張曉風的《玉想》要重新出版了，我把這一冊大多寫於上一世紀八〇年代的散文拿在手中重新讀了一次。

讀著讀著，覺得午后河邊乍明乍滅的陽光真好，隔著河，對面的大屯山一帶白雲卷舒，或來或去，配合著時起時落的潮聲，我就放下了書，跑去找台南朋友新寄來的今年剛收的春茶。

《玉想》是要有一盞「春茶」搭配著讀的。

這些近三十年前都讀過的文字，在春茶的新新的喜氣得意的滋味裏，一一在沸水中復活了。

曉風寫這一系列文字的時候我們常一起出去玩，有一個「花酒黨」這樣的名字，五六個人，七八個人，帶一盅酒，聽聞什麼地方有好花，好山水，便一路殺去，盤旋數日。

我跟曉風、慕蓉去過南仁山，中央山脈到尾端的餘脈，低矮丘陵起伏，很像黃公望八十二歲的名作「富春山居」。那時候兩派學者正為了故宮兩卷「富春山居」孰真孰假鬧得不可開交。從乾隆皇帝開始就鬧不休的「雙胞案」，到了山水面前，忽然想起黃公望在「無用卷」卷末寫的「巧取豪奪」四個字。也許黃公望一生賣卜為生，到了八十二歲真的卜算出了這張畫要到人間去經歷一段「巧取豪奪」的滄桑罷。

被稱為「元四家之首」的黃公望，八十二歲的名作，不再只是「名作」，而是一堆「巧取豪奪」的「慾望」。在不同的人手中流轉，有人為這張畫傾家蕩產，有人為這張畫死時不能瞑目，吳洪裕因此要姪子燒起火來燒畫殉葬，卻沒想到煙火騰騰，畫燒成了兩段，死者瞑目了，活著的人還是從火堆中搶出，前段成為「剩山圖」，歷經大收藏家吳湖帆的手，最後進入了浙江博物館。後段較長一段也歷經不同人收藏，最後入了清宮，被乾隆當成假畫，一九四九年隨故宮南遷，到了台灣。

做學生的時候，有幸運隨莊嚴老師、李霖燦老師一起看畫，拿出一卷「富春山居」，四、五個研究生，一面跟老師聊天，一面努力做筆記。

我是不用功的一個，不知道為什麼總惦記著元代一張紙上什麼地方無意間滴下一水痕，或汗，或淚，或是某一春日不經意的雨滴，留在上面，沒有人覺查，水痕宛轉，卻隨歲月成為滄桑的斑剝，那就是大書家所說的「屋漏痕」嗎？

我也惦記著畫上在明末清初留下的煙火記憶，在灰燼的邊緣，一點點驚恐險絕的遺跡。

曉風像是在談「玉」，談「陶瓷」，談中國藝術中的顏色，談刺繡，其實，也許我們有一樣的毛病，談著談著，會情不自禁，跑去專心凝視一塊玉上的「瑕疵」。曉風說的「瑕疵」，是書畫裏的「屋漏痕」，是玩古玉的人津津樂道的「沁」。因為入了土，那玉和石灰，松脂，人的骨血，動物的腐屍依靠在一起，年月久了，玉石上就有一塊去除不了的「斑」，或赭或灰，或如髮絲，或如血脈，或如淚痕，丹心要化為碧，便是「沁」這個字，「沁」是如此深的記憶，「沁」入肺腑，是對抗歲月，對抗毀滅的驚叫。

中國的美學，要看到黃公望「巧取豪奪」之外的歲月的痕跡，才會有帶著淚痕的驚叫。

那時候在「富春山居」長卷前面，李霖燦老師沒有說什麼話，他似乎對爭辯筆仗都不感興趣，他談中國藝術的文字像詩，不像論文。

這個原來杭州藝專出身要做畫家的學者，因為戰爭，誤打誤撞走了西南邊陲的大山，遇到沈從文，知道生命裏有許多意外，像曉風在《玉想》中說的「錯誤」，李老師和南遷的故宮書畫註定要走在一起，走到台灣，註定要在他的凝視下，看到一千年前藏在「谿山行旅圖」樹叢中「范寬」這兩個字，找到目前全世界唯一可以確定的「范寬」的真蹟。

我帶學生到故宮看「谿山行旅」，指給他們看樹叢中隱藏的名字，他們覺得奇怪，「怎麼一千年來都沒有人看得見？」

「問得好！」我心裏想，這個名字是註定要在一千年後在台灣由李霖燦看到的，就像「沁」這個字，必得要有一個「心」字，沒有「心」，玉也只是一塊石頭，纏綿也只是一堆亂絮，陶瓷不過就是土胎而已。

曉風有心，所以有了《玉想》，《玉想》談中國藝術之美，也像詩，不像論文。

我看的《玉想》有李霖燦老師在一九九〇年寫的序，序寫完，李老師故去，我重讀《玉想》，想到的是李老師最後一次到東海建築系評圖，忽然打電話找到我，說要來我美術系辦公室坐坐。

我的辦公室是東海舊圖書館晒書後廢棄的空間，沒有人要用。我喜歡它兩邊透光通風，早午都有陽光，掛了竹山民間製作的細竹簾，光線篩過竹簾空隙，就如一卷靜靜的宣紙，户外樹影雲影都可以在上面留痕跡。

李老師坐定，環看地上陽光，陽光中樹影雲影風光搖曳，忽然轉頭跟我說：「蔣勳，我們都是命好的人，一輩子都在看美好的東西。」

二〇〇九年初春，重讀《玉想》，想到李老師說的「命好」，想到同樣「命好」的一些朋友，想為老師奠一尊酒，窗外雲嵐變滅，潮起潮落，可以珍惜的還是朋友寄來的春茶在舌口上留著的一段餘甘。

二〇〇九年二月二十五日於八里

（蔣勳先生，曾任《雄獅》美術月刊主編、東海大學美術系主任。現任《聯合文學》社長。藝術論述有《美的沉思》、《天地有大美》、《肉身覺醒》等。）

寫下來，真好（自序）

（1）

咦？他是誰？他怎麼會出現在我家門口的公園裏？他是真的嗎？

是晴暖的禮拜天早晨，我作完禮拜回家，刻意早一點下車，打算穿過這座長著二十棵樹的小公園，並且姑且算它是一趟森林之旅。

然而，我竟遇見他，他似乎正在喝水龍頭流出來的積水，他不動，我想知道他是不是真的？或者只是一個塑像？我走近，坐在一張長椅上，定睛看他。他是一隻大約四十公分的鳥，我看到他的頸綬在風中飄動，但我仍不敢相信他是真的，這年頭假東西都做得很像呢！

但我又不忍心驚動他，如果他是真的，他當然該有他不被打擾的權利。於是我坐著，定定的看他。

終於，他轉了一下頭，我才知道他是真的！在地球的某一經緯度上，我曾買下我家住宅，公園在我家門口，我在這個空間上生活了四十年的時間。然而，公園裏一向只有從人家家裡逃出來的鴿子，還有麻雀和綠繡眼，偶而有白頭翁，至於這種大型鳥，比鷺鷥還肥大的鳥，我是從來也沒見過呀！

確定他是一隻真鳥以後，我又看了他二個小時，他沒有動作，我也沒有，我只驚奇，他是誰？他怎麼會忽然現身此地，這事得去問劉克襄，反正我一切有關鳥的事都去跟他打聽。二天後我找到劉克襄，並給他看照片：

「哎呀！他是黑冠麻鷺啦！」行家是不用看第二眼的，「最近他也出現在大安森林公園裏，不料連你家門口的小公園裏也有他們的蹤跡。」

哦，原來他是黑冠麻鷺。

「你記得嗎？十幾年前了，」劉克襄又接著說，「那時候有人想把大安森林公園弄成運動場地，你寫文章反對，後來還是維持了原議。而現在，台北市居然就有了黑冠麻鷺了，你看，這是你爭取來的呀！」

什麼？這隻鳥的出現原來和我也有那麼一點關係，原來他有今日的一枝之棲也跟我當年力爭有關？這件事我已忘了，連那篇文章去了那裏都不記得了。可是，卻有一隻黑冠麻鷺來報訊，來跟我打個招呼。大安森林公園離我家不遠，他可能住在那裏，偶然飛過街來看看。

真是謝謝克襄，我自己都忘了的事，身為編輯，他卻是有記憶的。我原來只想問他一隻鳥的名字，他卻告訴我更多，他要說而沒說的是：

「嗨！你知道嗎？寫下來，這件事很好喔！寫下來，表達了，成功了，十幾二十年後，你會看到績效！」

(2)

順著克襄的話，我想起不久前專欄作家協會去桃園參觀，車過某地，負責招待我們的東年忽然請車開慢一點，他說：

「你們看，這是桃園神社，是日本時代的木結構建築。當年要拆，是曉風老師寫文章罵了才救下來的，現在，卻是我們重要的觀光景點了。」

我當時也嚇了一跳，民國七十四年，我用可叵筆名寫了一篇「也算擱輿告狀」給當時的徐縣長，這事居然也就蒙天之幸把房子救下來了，民國七十年前後，高信疆所主持的時報人間版大力鼓吹報導文學，附帶的，抗議文學也就跟進了，抗議而能成功，二十年後就一切見真章。

(3)

「寫下來」的好處還不止這些，例如我寫過孫超的陶藝，當時也很想寫他的妻子關鄭，但時機稍縱即逝。如今關鄭已走了二年了，患類風濕關節炎的她是怎樣苦撐苦熬才努力扮演了賢妻的角色，那真該是一篇字字含淚的文章，可惜已經沒有機會了。

相較之下，我寫了林淵，他雖已走，但我較少憾恨，覺得他和他的作品，都緜緜長長的活在那裏。在石雕裏，也在文字裏。

(4)

「你只能寫抒情文。」

我的中學老師如此告訴我，我也深深相信。

我漸漸才知道我錯了，十幾歲的我並不是不會寫說理文，而是我那時根本不知道自己有什麼理，心中沒有什麼道理的孩子那裏說得出理來呢？但等我把自己整理好，居然年已四十了。

《玉想》這本書是我中年之際寫的，也必須到這個年紀才能說出對玉石的想法，對彩色的見解，我把道理說出來了，我很高興自己做了這件事，寫下來，真好。

(5)

經過十九年，九歌打算把《玉想》這本書重新付梓。我在重校舊稿時，心中充滿感恩和喜悅。唯一的悲傷是當年作序的李霖燦老師這一次來不及看見了，他於一九九九年病逝美國。啊！算起來也是十年前的事了。

記得有一次我開車載李老師和胡品清老師去陽明山二子坪走走，老師非常高興，後來還好幾次打電話來說：

「真是個好地方啊，沒想到這麼鄰近之處，（老師住外雙溪故宮的宿舍）也有這麼一處有意思的地方啊！」

老師是見過大山大水的人，實際世界裏的大山大水，以及畫紙上的明山秀水，他一再謝我二子坪之遊其實也只是對後生的仁慈，我能「被他所寫」，也真是幸運。

(6)

新版《玉想》，又增加了三篇文章，是為《長生殿》、《牡丹亭》以及國光「鬼‧瘋系列」演出而寫的。能為國劇作些詮釋原來並不在我的人生規劃裏，但人生又那裏是我們所能一手擘劃的呢？

(7)

總之，能寫下來，真好。至於它是瓊漿，還是糟醨，也就交給時間去辨嚐吧！

張曉風 九八年三月

（如果算陰曆，就是己丑年如月。如月，就是二月的意思，指的是它繼承了那份蓬勃，並使之更爲一逕前推，眞是個有美感的月份。）

目錄

第二輯　低眉處

第三輯　有　願

序

李霖燦

本書作者到外雙溪來，請我為這本書寫篇序，我毫不遲疑立刻答應，因為我知道讀曉風教授的書是一種享受。為人家寫序，不能不精讀一遍，那享受就加了一倍。

看到的是三校清樣，第一篇是〈玉想〉，是玉的遐想，第二篇是〈色識〉，論玉瓷色澤之命名，我看了這兩篇放在頂端，忽然有所領悟，似曾相識，原來都在《故宮文物》月刊上拜讀過，怪不得要我這個老博物館員來題簽作序。

在月刊上發表的時候，這兩篇文章就照人眼明，以文學眼光來看故宮，以前未曾有此一格。若這樣一路推衍下去，以她的精緻思想和俏麗文筆，說不定會使人有所擔心，它會不會使所謂文物研究從此而歧路亡羊？譬如說她說到李太白的寒山一帶「傷心碧」，我就曾為之再三思考過，豈止色相中有此，元微之還有寥落古行宮，宮花「寂寞紅」呢，若這樣魚龍曼衍發展下去，真不知要失落何方伊於胡底！

傳云悲多芬在森林中散步，人問其所以然，他答道，每一棵樹都有它自己的聲音，此之謂天籟。本書作者在文章中論色澤天成，妙語破的，當亦是人間欣賞的最上乘吧！

而最令我欣賞不置的，卻是文章中有人。這些人是平常人，同時也是非常人，而且一大半，還都是我的友人。如〈火中取蓮〉的孫超，就是故宮博物院中我的同事。〈天門〉中的朱德群，他是我西湖藝專的老同學，我看到他的第一張油畫時，便寫信告訴他事有可為。在巴黎畫了三十年畫之後，他告訴我「畫畫要想」的一句名言，我在《雄獅美術》上為他寫專文對這句話大加表揚。我到巴黎的時候，這位世界級的大畫家放下了畫筆，完完整整陪我逛了一個禮拜……

還有不少我佩服而不認識的非常人士，都在曉風生花妙筆之下，一個個栩栩如生地顯現出他們的精神照人之所在。

最精采的一段「故事」，當屬之於〈溯洄〉這一篇了。天下竟有這樣的奇事，三個東南西北之人，在大度山東海大學的藝術系裏合開了一門「文人畫」的功課，可算是咄咄怪事之一的例證。你說你的，我說我的，天南地北，各是其是，我真不知道這門美術史上的熱門題目，歸根到底是怎麼樣的一個教法？……

只可惜我知道得太晚了一點，不然，真想也軋一角進去，來它一個百家爭鳴，多少有趣！

更有趣的是這文章中的三主角，我都認識：袁德星（楚戈）是我故宮博物院的同事，他大難不死，別有深悟，在藝文界大展鴻圖令人敬佩。席慕蓉是蒙古人，正式的名字叫穆倫．席連勃，是「大江河」的意思，如今在海島上圖文並茂是藝文界的奇葩。寫的文字太好了，畫也畫得詩意盎然，我忍不住打電話過去猛加讚賞。

蔣勳是東海大學藝術系主任，在大度山上又寫又畫，《美的沈思》是他近來的傑作，雄獅為他結集出版之後，連連增版，打破了藝壇售書的新紀錄。

總之，他們都是五湖四海之士，在大時代的背景下偶然聚合在一起，不但創立了新藝術課程，還逸興遄飛的開了一次聯合詩書畫展，真是扣人心弦。曉風教授持一管彩筆，為她們又作傳又作記，許多精采維妙的地方，令人讀後拍掌叫絕，是偉大的時代，才有這種了不起的傳奇軼事！

人都是平常人，一著筆就不平常，故事也平常，一經渲染，便不再平常，真的是人可入詩，詩可入畫，平常心概括了眾生相。我們周遭，有多少奇事異人，只須用慧心一照，用彩筆一揮，宇宙大千，嫣然多采多姿美不勝收，曉風教授這冊佳作在這要點之上啓發無限，功德無量。

你若問我何以如此？因為我亦曾為人寫入文章中，在四十年代，沈從文老師在〈虹橋〉小説中，把我寫成李粲，藝專畢業後糾合了幾位朋友到玉龍大雪山去闖天下，故事寫出了首章，卻被另一位故事中人李蘭（李晨嵐）一夜報告雪山奇景而遂告擱筆，因為他報告得太好了，沈從文師最後歎口氣説：「你說的美麗，超過了我的文筆，這篇小說是沒法寫下去了。」——我也曾為此埋怨嵐兄不止，怎可以用口舌之快扼殺了一篇綺麗的小說，說不定這又會是一本《邊城》傑作！

雲嶺、金沙江、玉龍大雪山自是不弱於茶峒沅水，但是我們這一批年輕朋友（包括改名夏蒙的夏明）反身自視，卻也是如假包換的平常人，只因大文豪一揮彩筆，平常人亦頓生輝。因之，我在這個節骨眼上忽然有了頓悟，曉風筆下的形形色色人人事事，豈不是也可以作如斯觀呢？平常人亦有血有肉，有執著深情，換一個角度觀看，用另一個角度來描繪，也都可以挹其精采，給人間增添色彩溫暖，為世界增添親密和諧。

如這本精緻的書中有「受恩深處便為家」的警句（見〈溯洄〉寫楚戈的第4小節），便說到了一項真理。這是對「故鄉」的另一提示：生我的地方、住得最久的地方、自己最愛的地方，都可以叫做故鄉或家，此中有多少溫馨感人？臺灣我一住四十年，這還不是我的家和故鄉嗎？一個人一生能有幾個四十年？我和這島上的山川樹木早已溶為一體了。

山川動人，蔣勳在同篇第9小節上曾加以引申：

山水——中國人的宗教。

不需詮釋，不需註解，這話真愜我心，中國人在這方面自是與西方源流有所不同，但是確已接近了真理。

像這樣的清辭佳句，本書中不知道有多多少少，真如瓊瑤匝地，俯拾皆是，令人目不暇給。也使你我知道，這大好河山，這多情世界，正有不少好文章、好故事，等我們去採擷、去體認、去欣賞。有心人在這裏已經微開其端，我們亦不妨玉成其說。西方大藝術家畢卡索云：別人是東找西覓，在我則俯拾皆是，萬變不離其宗，一切樞紐皆在於人，我們何妨於此細讀錦文，亦不妨自揮彩毫，為人間情懷增慰藉，為大地河山加美麗，相互體諒欣賞，平添幾段藝文佳話！

外雙溪綠雪齋中

（李霖燦先生，曾任故宮博物院副院長，並於大學教授中國美術史二十餘載，曾獲行政院文化獎，一九九九年病逝，著有《麼些字典》、《麼些研究論文集》、《中國美術史稿》、《藝術欣賞人生》等書。）

給我一個解釋（代自序）

(一)

後來，就再也沒有見過那麼美麗的石榴。石榴裝在麻包裏，由鄉下親戚扛了來。石榴在桌上滾落出來，渾圓豔紅，微微有些霜溜過的老澀，輕輕一碰就要爆裂。爆裂以後則恍如什麼大盜的私囊，裏面緊緊裹著密密實實的、閃爍生光的珠寶粒子。

那時我五歲，住南京，那石榴對我而言是故鄉徐州的顏色，一生一世不能忘記。

和石榴一樣難忘的是鄉親講的一個故事，那人口才似乎不好，但故事卻令人難忘：

「從前，有對兄弟，哥哥老是會說大話，說多了，也沒人肯信了，但他兄弟人好，老是替哥哥打圓場。有一次，他說，『你們大概從來沒有看過颳這麼大的風——把我家的井都颳到籬笆外頭去啦！』大家不信，弟弟說：『不錯，風真的很大，但不是把井颳到籬笆外頭去了，是把籬笆颳到井裏頭來了！』」

我偏著小頭，聽這離奇的兄弟，自己也不知道自己被什麼所感動。只覺心頭甸甸的，跟裝滿美麗石榴的麻包似的，竟怎麼也忘不了那故事裏活龍活現的兩兄弟。

四十年來家國，八千里地山河，那故事一直尾隨我，連同那美麗如神話如魔術的石榴，全是我童年時代好得介乎虛實之間的東西。

四十年後，我才知道，當年感動我的是什麼——是那弟弟娓娓的解釋，那言語間有委曲、有溫柔、有慈憐和悲憫。或者，照儒者的說法，是有恕道。

長大以後，又聽到另一個故事，講的是幾個人在聯句，（或謂其中主角乃清代畫家金冬心）為了湊韻腳，有人居然冒出一句：「飛來柳絮片片紅」的句子。大家面面相覷，不知此人為何如此沒常識，天下柳絮當然都是白的，但「白」不押韻，奈何？解圍的才子出面了，他為那人在前面湊加了一句，「夕陽返照桃花渡」，那柳絮便立刻紅得有道理了。我每想及這樣的詩境，便不覺為其中的美感瞠目結舌。三月天，桃花渡口紅霞烈山，一時天地皆朱，不知情的柳絮一頭栽進去，當然也活該要跟萬物紅成一氣。這樣動人的句子，叫人不禁要俯身自視，怕自己也正站在夾岸桃花和落日夕照之間，怕自己的衣襟也不免沾上一片酒紅。《聖經》上說：「愛心能遮過錯。」在我看來，因愛而生的解釋才能把事情美滿化解。所謂化解不是沒有是非，而是超越是非。就算有過錯也因那善意的解釋如明礬入井，遂令濁物沈澱，水質復歸澄瑩。

女兒天性渾厚，有一次，小學年紀的她對我說：

「你每次說五點回家，就會六點回來，說九點回家，結果就會十點回來——我後來想通了，原來你說的是出發的時間，路上一小時你忘了加進去。」

我聽了，不知該說什麼。我回家晚，並不是因為忘了計算路上的時間，而是因為我生性貪溺，貪讀一頁書、貪寫一段文字、貪一段山色……而小女孩說得如此寬厚，簡直是鮑叔牙。二千多年前的鮑叔牙似乎早已拿定主意，無論如何總要把管仲說成好人。兩人合夥做生意，管仲多取利潤，鮑叔牙說：「他不是貪心——是因為他家窮。」管仲三次做官都給人辭了。鮑叔牙說：「不是他不長進，是他一時運氣不好。」管仲打三次仗，每次都敗亡逃走，鮑叔牙說：「不要罵他膽小鬼，他是因為家有老母。」鮑叔牙贏了，對於一個永遠有本事把你解釋成聖人的人，你只好自肅自策，把自己真的變成聖人。

物理學家可以說，給我一個支點，給我一根槓桿，我就可以把地球舉起來——而我說，給我一個解釋，我就可以再相信一次人世，我就可以再接納歷史，我就可以義無反顧擁抱這荒涼的城市。

（二）

「述而不作」，少年時代不明白孔子何以要作這種沒有才氣的選擇，我卻只希望作而不述。但歲月流轉，我終於明白，述，就是去悲憫、去認同、去解釋。有了好的解釋，宇宙為之端正，萬物由而含情。一部希臘神話用豐富的想像解釋了天地四時和風霜雨露。譬如說朝露，是某位希臘女神的清淚。月桂樹，則被解釋為阿波羅鍾情的女子。

農神的女兒成了地府之神的妻子，天神宙斯裁定她每年可以回娘家六個月。女兒歸寧，母親大悅，土地便春回。女兒一回夫家，立刻草木搖落眾芳歇，農神的恩寵也翻臉無情——季節就是這樣來的。

而莫考來是平原女神和宙斯的兒子，是風神，他出世第一天便跑到阿波羅的牧場去偷了兩條牛來吃（我們中國人叫「白雲蒼狗」，在希臘人卻成了「白雲肥牛」）——風神偷牛其實解釋了白雲經風一吹，便消失無蹤的神祕詭異。

神話至少有一半是拿來解釋宇宙大化和草木蟲魚的吧？如果人類不是那麼偏愛解釋，也許根本就不會產生神話。

而在中國，共工與顓頊爭帝，怒而觸不周之山，在一番「折天柱，絕地維」之後，（是回憶古代的一次大地震嗎？）發生了「天傾西北，地陷東南」的局面。天傾西北，所以星星多半滑到那裏去了，地陷東南，所以長江黃河便一路向東入海。

而埃及的砂磧上，至今屹立著人面獅身的巨像，中國早期的西王母則「其狀如人，豹尾、虎齒，穴處」。女媧也不免「人面蛇身」。這些傳說解釋起來都透露出人類小小的悲傷，大約古人對自己的「頭部」是滿意的，至於這副軀體，他們卻多少感到自卑。於是最早的器官移植便完成了，他們把人頭下面換接了獅子、老虎或蛇鳥什麼的。說這些故事的人恐怕是第一批同時為人類的極限自悼，而又為人類的敏慧自豪的人吧？

而錢塘江的狂濤，據說只由於伍子胥那千年難平的憾恨。雅緻的斑竹，全是妻子哭亡夫灑下的淚水……

解釋，這件事真令我入迷。

㈢

有一次，走在大英博物館裏看東西，而這大英博物館，由於是大英帝國全盛時期搜刮來的，幾乎無所不藏。書畫古玩固然多，連木乃伊也列成軍隊一般，供人檢閱。木乃伊還好，畢竟是密封的，不料走著走著，居然看到一具枯屍，赫然扒在玻璃櫥裏。淺色的頭髮，仍連著頭皮，頭皮綻處，露出白得無辜的頭骨。這人還有個奇異的外號叫「薑」，大概兼指他薑黃的膚色，和乾皺如薑塊的形貌吧！這人當時是採西亞一帶的砂葬，熱砂和大漠陽光把他封存了四千年，他便如此簡單明瞭的完成了不朽，不必借助事前的金縷玉衣，也不必事後塑起金身——這具屍體，他只是安靜的趴在那裏，便已不朽，真不可思議。

但對於這具屍體的「屈身葬」，身為漢人，卻不免有幾分想不通。對漢人來說，「兩腿一伸」就是死亡的代用語，死了，當然得直挺挺的躺著才對。及至回國，偶然翻閱一篇人類學的文章，內中提到屈身葬。那段解釋不知為何令人落淚，文章裏說：「有些民族所以採屈身葬，是因為他們認為死亡而埋入土裏，恰如嬰兒重歸母胎，胎兒既然在子宮中是屈身，人死入土亦當屈身。」我於是想起大英博物館中那不知名的西亞男子，我想起在蘭嶼雅美人的葬地裏一代代的死者，啊——原來他們都在回歸母體。我想起我自己，睡覺時也偏愛「睡如弓」的姿勢，冬夜裏，尤其喜歡蜷曲如一隻蝦米的安全感。多虧那篇文章的一番解釋，這以後我再看到屈身葬的民族，不會覺得他們「死得離奇」，反而覺得無限親切——只因他們比我們更像大地慈母的孩子。

四

神話退位以後，科學所做的事仍然還是不斷的解釋。何以有四季？他們說，因為地球的軸心跟太陽成23度半的傾斜，原來地球恰似一側媚的女子，絕不肯直瞪著看太陽，她只用眼角餘光斜斜一掃，便享盡太陽的恩寵。何以天際無虹，只因為萬千雨珠一一折射了日頭的光彩，至於潮汐呢？那是月亮一次次致命的騷擾所引起的亢奮和萎頓。還有甜沁的母乳為什麼那麼準確無誤的隨著嬰兒出世而開始分泌呢？（無論孩子多麼早產或晚產）那是落盤以後，自有訊號傳回，通知乳腺開始泌乳……科學其實只是一個執拗的孩子，對每一件事物好奇，並且不管死活的一路追問下去……每一項科學提出的答案，我都覺得應該洗手焚香，才能翻開閱讀，其間吉光片羽，在在都是天機乍洩。科學提供宇宙間一切天工的高度業務機密，這機密本不該讓我們凡夫俗子窺伺知曉，所以我每聆到一則生物的或生理的科學知識，總覺敬慎凜慄，心悅誠服。

詩人的角色，每每也負責作「歪打正著」式的解釋，「何處合成愁？」宋朝的吳文英作了成分分析以後，宣稱那是來自「離人心上秋」。東坡也提過「春色三分，二分塵土，一分流水」的解釋，說得簡直跟數學一樣精確。那無可奈何的落花，三分之二歸回了大地，三分之一逐水而去。元人小令為某個不愛寫信的男子的辯解也煞為有趣：「不是不相思，不是無才思，遶清江，買不得天樣紙。」這麼寥寥幾句，已足令人心醉，試想那人之所以尚未修書，只因覺得必須買到一張跟天一樣大的紙才夠寫他的無限情腸啊！

(五)

除了神話和詩，紅塵素居，諸事碌碌中，更不免需要一番解釋了，記得多年前，有次請人到家裏屋頂陽臺上種一棵樹蘭，並且事先說好了，不活包退費的。我付了錢，小小的樹蘭便栽在花圃正中間。一個禮拜以後，它卻死了。我對陽臺上一片芬芳的期待算是徹底破滅了。

我去找那花匠，他到現場驗了樹屍，我向他保證自己澆的水既不多也不少，絕對不敢造次。他對著夭折的樹苗偏著頭呆看了半天，語調悲傷的說：

「可是，太太，它是一棵樹呀！樹為什麼會死，理由多得很呢——譬如說，它原來是朝這方向種的，你把它拔起來，轉了一個方向再種，它就可能要死！這有什麼辦法呢？」

他的話不知觸動了我什麼，我竟放棄退費的約定，一言不發的讓他走了。

大約，忽然之間，他的解釋讓我同意，樹也是一種自主的生命，它可以同時擁有活下去以及不要活下去的權利。雖然也許只是調了一個方向，但它就是無法活下去，不是有的人也是如此嗎？我們可以到工廠裏去訂購一定容量的瓶子，一定尺碼的襯衫，生命卻不能容你如此訂購的啊！

以後，每次走過別人牆頭冒出來的，花香如沸的樹蘭，微微的失悵裏我總想起那花匠悲冷的聲音。我想我總是肯同意別人的——只要給我一個好解釋。

至於孩子小的時候，做母親的糊裏糊塗的便已就任了「解釋者」的職位。記得小男孩初入幼稚園，穿著粉紅色的小圍兜來問我，為什麼他的圍兜是這種顏色。我說：「因為你們正像玫瑰花瓣一樣可愛呀！」「那中班為什麼就穿藍兜？」「藍色是天空的顏色，藍色又高又亮啊！」「白圍兜呢？大班穿白圍兜。」「白，就像天上的白雲，是很乾淨很純潔的意思。」他忽然開心的笑了，表情竟是驚喜，似乎沒料到小小圍兜裏居然藏著那麼多的神祕。我也嚇了一跳，原來孩子要的只是那麼少，只要一番小小的道理，就算信口說的，就夠他著迷好幾個月了。

十幾年過去了，午夜燈下，那小男孩用當年玩積木的手在探索分子的結構。黑白小球結成奇異詭祕的勾連，像一紮緊緊的玫瑰花束，又像一篇布局繁複卻條理井然無懈可擊的小說。

「這是正十二面烷。」他說，我驚訝這模擬的小球竟如此均稱優雅，黑球代表碳、白球代表氫，二者的盈虛消長便也算物華天寶了。

「這是赫素烯。」

「這是……」

我滿心感激，上天何其厚我，那個曾要求我把整個世界一一解釋給他聽的小男孩，現在居然用他化學方面的專業知識向我解釋我所不了解的另一個世界。

如果有一天，我因生命衰竭而向上蒼祈求一兩年額外加簽的歲月，其目的無非是讓我回首再看一看這可驚可歎的山川和人世。能多看它們一眼，便能多用悲壯的、雖注定失敗卻仍不肯放棄的努力再解釋它們一次。並且也欣喜的看到人如何用智慧、用言詞、用弦管、用丹青、用靜穆、用愛，一一對這世界作其圓融的解釋。

是的，物理學家可以說，給我一個支點，給我一根槓桿，我就可以把地球舉起來——而我說，給我一個解釋，我就可以再相信一次人世，我就可以接納歷史，我就可以義無反顧的擁抱這荒涼的城市。

——原載民國七十九年三月二十三日《中國時報‧人間副刊》

第一輯

玉　想

玉 想

「玉，石之美者。」原來玉也只是石，是許多混沌的生命中忽然脫穎而出的那一點靈光。

一、只是美麗起來的石頭

一向不喜歡寶石——最近卻悄悄的喜歡了玉。

寶石是西方的產物，一塊鑽石，割成幾千幾百個「割切面」，光線就從那裏面激射而出，挾勢凌厲，美得幾乎具有侵略性，使我不由得不提防起來。我知道自己無法跟它的凶悍逼人相埒，不過至少可以決定「我不喜歡它」。讓它在英女王的皇冠上閃爍，讓它在展覽會上伴以投射燈和響尾蛇（防盜用）展出，我不喜歡，總可以吧！

玉不同，玉是溫柔的，早期的字書解釋玉，也只說：「玉，石之美者。」原來玉也只是石，是許多混沌的生命中忽然脫穎而出的那一點靈光。正如許多孩子在夏夜的庭院裏聽老人講古，忽有一個因洪秀全的故事而興天下之想，遂有了孫中山。又如溪畔群童，人人都看到活潑潑的逆流而上的小魚，卻有一個跌入沈思，想人處天地間，亦如此魚，必須一身逆浪，方能有成，只此一想，便有了蔣中正。所謂偉人，其實只是在遊戲場中忽有所悟的那個孩子。所謂玉，只是在時間的廣場上因自在玩耍竟而得道的石頭。

二、克拉之外

鑽石是有價的，一克拉一克拉的算，像超級市場的豬肉，一塊塊皆有其中規中矩秤出來的標價。

玉是無價的，根本就沒有可以計値的單位。鑽石像謀職，把學歷經歷乃至成績單上的分數一一開列出來，以便敘位核薪。玉則像愛情，一個女子能贏得多少愛情完全視對方爲她著迷的程度，其間並沒有太多法則可循。以撒辛格（諾貝爾獎得主）說：「文學像女人，別人爲什麼喜歡她以及爲什麼不喜歡她的原因，她自己也不知道。」其實，玉當然也有其客觀標準，它的硬度，它的晶瑩、柔潤、縝密、純全和刻工都可以討論，只是論玉論到最後關頭，竟只剩「喜歡」兩字，而喜歡是無價的，你買的不是克拉的計價而是自己珍重的心情。

三、不須鑲嵌

鑽石不能佩戴，除非經過鑲嵌，鑲嵌當然也是一種藝術，而玉呢？玉也可以鑲嵌，不過卻不免顯得「多此一舉」，玉是可以直接做成戒指、鐲子和簪笄的，至於玉墜、玉珮所需要的也只是一根絲繩的編結，用一段千迴百繞的糾纏盤結來繫住胸前或腰間的那一點沈實，要比金屬性冷冷硬硬的鑲嵌好吧？

01

01 清　青玉羅漢

02 良渚　玉琮

03 明　灰玉佛手

不佩戴的玉也是好的，玉可以把玩，可以做小器具，可以做既可卑微的去搔癢，亦可用以象徵富貴吉祥的「如意」，可做用以祀天的璧，亦可做示絕的玦，我想做個玉匠大概比鑽石割切人興奮快樂，玉的世界要大得多繁富得多，玉是既入於生活也出於生活的，玉是名士美人，可以相與出塵，玉亦是柴米夫妻，可以居家過日。

四、生死以之

一個人活著的時候，全世界跟他一起活——但一個人死的時候，誰來陪他一起死呢？

中古世紀有齣質樸簡直的古劇叫「人人」（Every Man），死神找到那位名叫人人的主角，告訴他死期已至，不能寬貸，卻准他結伴同行。人人找「美貌」，「美貌」不肯跟他去，人人找「知識」，「知識」也無意到墓穴裏去相陪，人人找「親情」，「親情」也顧他不得……

世間萬物，只有人類在死亡的時候需要陪葬品吧？其原因也無非由於怕孤寂，活人殉葬太殘忍，連土俑殉葬也有些居心不仁，但死亡又是如此幽闃陌生的一條路，如果待嫁的女子需要「陪嫁」來肯定來繫連她前半生的娘家歲月，則等待遠行的黃泉客何嘗不需要「陪葬」來憑藉來思憶世上的年華呢？

陪葬物裏最纏綿的東西或許便是玉琀蟬了，蟬色半透明，比眞實的蟬爲薄，向例是含在死者的口中，成爲最後的，一句沒有聲音的語言，那句話在說：

「今天，我入土，像蟬的幼蟲一樣，不要悲傷，這不叫死，有一天，生命會復活，會展翅，會如夏日出土的鳴蟬……」

那究竟是生者安慰死者而塞入的一句話？抑是死者安慰生者而含著的一句話？如果那是願心，算不算狂妄的侈願？如果那是謊言，算不算美麗的謊言？我不知道，只知道玉琀蟬那半透明的豆青或土褐色彷彿是由生入死的薄膜，又恍惚是由死返生的符信，但生生死死的事豈是我這樣的凡間女子所能參破的？且在這落雨的下午俯首凝視這枚佩在自己胸前的被烈焰般的紅絲線所穿結的玉琀蟬吧！

五、玉肆

我在玉肆中走，忽然看到一塊像蛀木又像土塊的東西，彷彿一張枯澀凝止的悲容，我駐足良久，問道：

「這是一種什麼玉？多少錢？」

「你懂不懂玉？」老闆的神色間頗有一種抑制過的傲慢。

「不懂。」

「不懂就不要問！我的玉只賣懂的人。」

我應該生氣應該跟他激辯一場的，但不知爲什麼，近年來碰到類似的場面倒寧可笑笑走開。我雖然不喜歡他的態度，但相較而言，我更不喜歡爭辯，尤其痛恨學校裏「奧瑞根

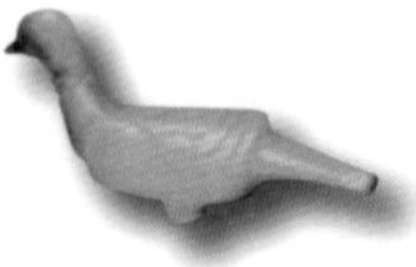

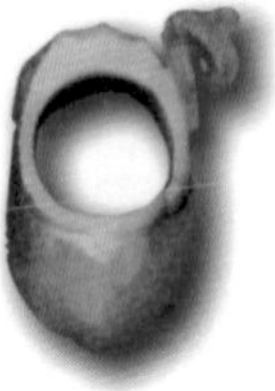

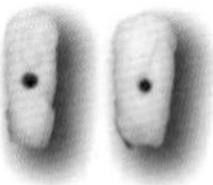

玉，石之美者

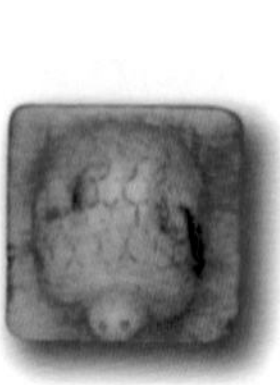

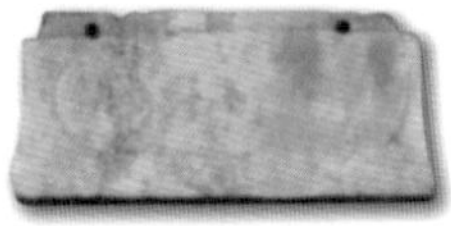
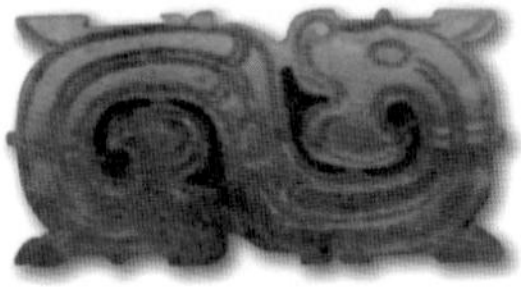
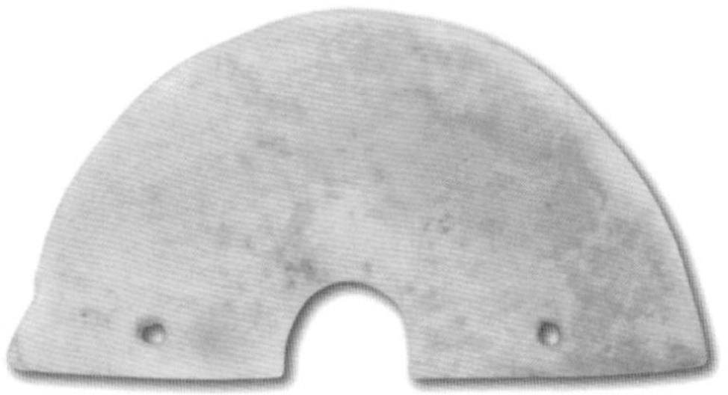

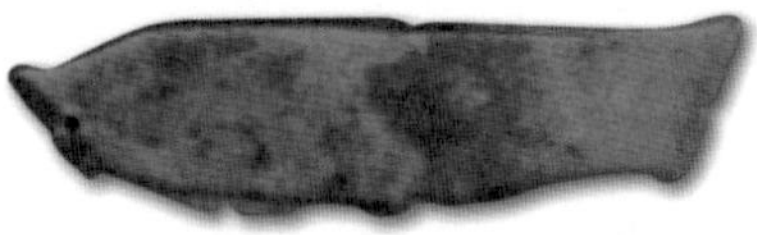

式」的辯論比賽，一句一句逼著人追問，簡直不像人類的對話，囂張狂肆到極點。

不懂玉就不該買不該問嗎？世間識貨的又有幾人？孔子一生，也沒把自己那塊美玉成功的推銷出去。《水滸傳》裏的阮小七說：「一腔熱血，只要賣與識貨的！」但誰又是熱血的識貨買主？連聖賢的光焰，好漢的熱血也都難以傾銷，幾塊玉又算什麼？不懂玉就不准買玉，不懂人生的人豈不沒有權利活下去了？

當然，玉肆老闆大約也不是什麼壞人，只是一個除了玉的知識找不出其他可以自豪之處的人吧？

然而，這件事眞的很遺憾嗎？也不盡然，如果那天我碰到的是個善良的老闆，他可能會爲我詳細解說，我可能心念一動便買下那塊玉，只是，果眞如此又如何呢？它會成爲我的小古玩。但此刻，它是我的一點憾意，一段未圓的夢，一份既未開始當然也就不致結束的情緣。

隔著這許多年如果今天那玉肆的老闆再問我一次是否識玉，我想我仍會回答不懂，懂太難，能疼惜寶重也就夠了。何況能懂就能愛嗎？在競選中互相中傷的政敵其實不是彼此十分了解嗎？當然，如果情緒高昂，我也許會塞給他一張《說文解字》中抄下來的紙條：

玉，石之美者，有五德

潤澤以溫，仁之方也

腮理自外，可以知中，義之方也
其聲舒揚，專以遠聞，智之方也
不撓而折，勇之方也
銳廉而不忮，絜之方也。

然而，對愛玉的人而言，連那一番大聲鏜鞳的理由也是多餘的。愛玉這件事幾乎可以單純到不知不識而只是一團簡簡單單的歡喜。像嬰兒喜歡清風拂面的感覺，是不必先研究氣流風向的。

六、瑕

付錢的時候，小販又重複了一次：

「我賣你這瑪瑙，再便宜不過了。」

我笑笑，沒說話，他以爲我不信，又加上一句：

「眞的——不過這麼便宜也有個緣故，你猜爲什麼？」

「我知道，它有斑點。」本來不想提的，被他一逼，只好說了，免得他一直囉嗦。

「哎呀，原來你看出來了，玉石這種東西有斑點就差了，這串項鍊如果沒有瑕疵，哇，那價錢就不得了啦！」

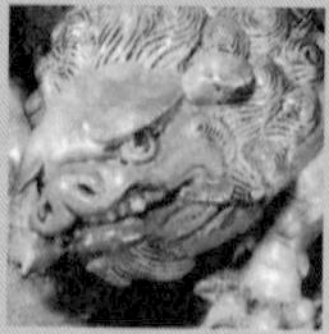

遼三彩　雙獅

我取了項鍊，儘快走開。有些話，我只願意在無人處小心的，斷斷續續的，有一搭沒一搭的說給自己聽：

對於這串有斑點的瑪瑙，我怎麼可能看不出來呢？它的斑痕如此清清楚楚。

然而買這樣一串項鍊是出於一個女子小小的俠氣吧，憑什麼要說有斑點的東西不好？水晶裏不是有一種叫「髮晶」的種類嗎？虎有紋，豹有斑，有誰嫌棄過它的皮毛不夠純色？

就算退一步說，把這斑紋算瑕疵，世間能把瑕疵如此坦然相呈的人也不多吧？凡是可以坦然相見的缺點都不該算缺點的。純全完美的東西是神器，可供膜拜。但站在一個女人的觀點來看，男人和孩子之所以可愛，正是由於他們那些一清二楚的無所掩飾的小缺點吧？就連一個人對自己本身的接納和縱容，不也是看準了自己的種種小毛病而一笑置之嗎？

所有的無瑕是一樣的——因爲全是百分之百的純潔透明，但瑕疵斑點卻面目各自不同。有的斑痕像蘚苔數點，有的是砂岸逶迤，有的是孤雲獨去，更有的是鐵索橫江，玩味起來，反而令人忻然心喜。想起平生好友，也是如此，如果不能知道一兩件對方的糗事，不能有一兩件可笑可嘲可詈可罵之事彼此打趣，友誼恐怕也會變得空洞吧？

有時獨坐細味「瑕」字，也覺悠然意遠，瑕字左邊是玉旁，是先有玉才有瑕的啊！正如先有美人而後才有「美人痣」。先有英雄，而後有「悲劇英雄的缺陷性格」（tragic flaw）。缺憾必須依附於完美，獨存的缺憾豈有美麗可言，天殘地闕，是因爲天地都如此美好，才容得修地補天的改造的塗痕。一個「壞孩子」之所以可愛，不也正因爲他在撒嬌撒賴蠻不講理之外有屬於一個孩童近乎神明的純潔了直嗎？

瑕的右邊是叚，叚有赤紅色的意思，瑕的解釋是「玉小赤」，我也喜歡瑕字的聲音，自有一種坦然的不遮不掩的亮烈。

完美是難以冀求的，那麼，在現實的人生裏，請給我有瑕的眞玉，而不是無瑕的僞玉。

七、唯一

據說，世間沒有兩塊相同的玉——我相信，雕玉的人豈肯去重複別人的創製。

所以，屬於我的這一塊，無論貴賤精粗都是天地間獨一無二的。我因而疼愛它，珍惜這一場緣分。世上好玉萬千，我卻恰好遇見這塊，世上愛玉人亦有萬千，它卻偏偏遇見我，但我們之間的聚會，也只是五十年吧？上一個佩玉的人是誰呢？有些事是既不能去想更不能嫉妒的，只能安安分分珍惜這匆匆的相屬相連的歲月。

八、活

佩玉的人總相信玉是活的，他們說：

「玉要戴，戴戴就活起來了哩！」

這樣的話是眞的嗎？抑或只是傳說臆想？

我不知道自己能不能把一塊玉戴活，這是需要時間才能證明的事，也許幾十年的肌膚相親，眞可以使玉重新有血脈和呼吸。但如果奇蹟是可祈求的，我願意首先活過來的是我，我的清潔質地，我的緻密堅實，我的瑩秀溫潤，我的斐然紋理，我的清聲遠揚。如果玉可以因人的佩戴而復活，也讓人因佩玉而復活吧。讓每一時每一刻的我瑩彩曖曖，如冬日清晨的半窗陽光。

九、石器時代的懷古

把人和玉，玉和人交織成一的神話是《紅樓夢》，它也叫《石頭記》，在補天的石頭群裏，主角是那三萬六千五百零一塊中多出的一塊，天長日久，竟成了通靈寶玉，注定要來人間歷經一場情劫。

他的對方則是那似曾相識的絳珠仙草。

那玉，是男子的象徵，是對於整個石器時代的懷古。那草，是女子的表記，是對榛榛莽莽洪荒森林的思憶。

靜安先生釋《紅樓夢》中的玉，說「玉」即「欲」，大約也不算錯吧？《紅樓夢》中含玉字的名字總有其不凡的主人，像寶玉、黛玉、妙玉、紅玉，都各自有他們不同的人生欲求。只是那欲似乎可以解作英文裏的want，是一種不安，一種需索，是不知所從出的纏綿，是最快樂之時的淒涼，最完滿之際的缺憾，是自己也不明白所以的惴惴，是想挽住整個春光留下所有桃花的貪心，是大澈大悟與大棧戀之間的擺盪。

神話世界常是既富麗而又高寒的，所以神話人物總要找一件道具或伴擋相從。設若龍不吐珠，嫦娥沒有玉兔，李聃失了青牛，果老走了肯讓人倒騎的驢或是麻姑少了仙桃，孫悟空繳回金箍棒，那神話人物眞不知如何施展身手了——賈寶玉如果沒有那塊玉，也只能做美國童話《綠野仙蹤》裏的「無心人」奧迪斯。

「人非木石，孰能無情」，說這話的人只看到事情的表相，木石世界的深情大義又豈是我們凡人所能盡知的。

十、玉樓

如果你想知道鑽石，世上有寶石學校可讀，有證書可以證明你的鑑定力。但如果你想知道玉，且安安靜靜的做你自己，並且從膚髮的溫潤、關節的玲瓏、眼目的瑩澈、意志的凝聚、言笑的清朗中去認知玉吧！玉即是我，所謂文明其實亦即由石入玉的歷程，亦即由血肉之軀成爲「人」的史頁。

道家以目爲「銀海」，以肩爲玉樓，想來仙家玉樓連雲，也不及人間一肩可擔道義的肩胛骨爲貴吧？愛玉之極，恐怕也只是返身自重吧？

——原載七十四年一月《故宮文物月刊》

色識

顏色，在中國人的世界裏，其實一直以一種稀有的、矜貴的、與神祕領域暗通的方式存在。顏色，本來理應屬於美術領域，不過，在中國，它也屬於文學。

顏色之爲物，想來應該像詩，介乎虛實之間，有無之際。

世界各民族都有其「上界」與「下界」的說法，以供死者前往——獨有中國的特別好辨認，所謂「上窮『碧』落下『黃』泉」。〈千字文〉也說「天地玄黃」，原來中國的天堂地獄或是宇宙全是有顏色的哩！中國的大地也有顏色，分五塊設色，如同小孩玩的拼圖版，北方黑，南方赤，西方白，東方青，中間那一塊則是黃的。

有些人是色盲，有些動物是色盲，但更令人驚訝的是，據說大部分人的夢是無色的黑白片。這樣看來，即使色感正常的人，每天因爲睡眠也會讓人生的三分之一時間失色。

中國近五百年來的畫，是一場墨的勝利。其他顏色和黑一比，竟都黯然引退，好在民間的年畫，刺繡和廟宇建築仍然五光十色，相較之下，似乎有下面這一番對照：

成人的世界是素淨的黯色，但孩子的衣著則不避光鮮明豔。

漢人的生活常保持淵沈的深色，苗傜藏胞卻以彩色環繞漢人提醒漢人。

平素家居度日是單色的，逢到節慶不管是元宵放燈或端午贈送香包或市井婚禮，色彩便又復活了。

庶民（又稱「黔」首、「黧」民）過老態的不設色的生活，帝王將相仍有黃袍朱門紫綬金鷥可以炫耀。

古文的園囿不常言色，詩詞的花園裏卻五彩絢爛。

顏色，在中國人的世界裏，其實一直以一種稀有的、矜貴的、與神祕領域暗通的方式存在。

顏色，本來理應屬於美術領域，不過，在中國，它也屬於文學。眼前無形無色的時候，單憑紙上幾個字，也可以想見月落江湖「白」，潮來天地「青」的山川勝色。

逛故宮，除了看展出物品，也愛看標籤，一個是「實」，一個是「名」，世上如果只有喝酒之實而無「女兒紅」這樣的酒名，日子便過得不精「彩」了。諸標籤之中且又獨喜與顏色有關的題名，像下面這些字眼，本身便簡扼似詩：

祭紅：祭紅是一種沈穩的紅釉色，紅釉本不可多得，不知祭紅一名何由而來，似乎有時也寫作「積紅」，給人直覺的感受不免有一種宗教性的虔誠和絕對。本來羊群中最健康的、玉中最完美的可作禮天敬天之用，祭紅也該是最凝聚最純粹最接近奉獻情操的一種紅，相較之下，「寶石紅」一名反顯得平庸，雖然寶石紅也光瑩秀澈，極爲難得。

牙白：牙白指的是象牙白，因爲不頂白反而有一種生命感，讓人想到羊毛、貝殼或乾淨的骨骼。

01

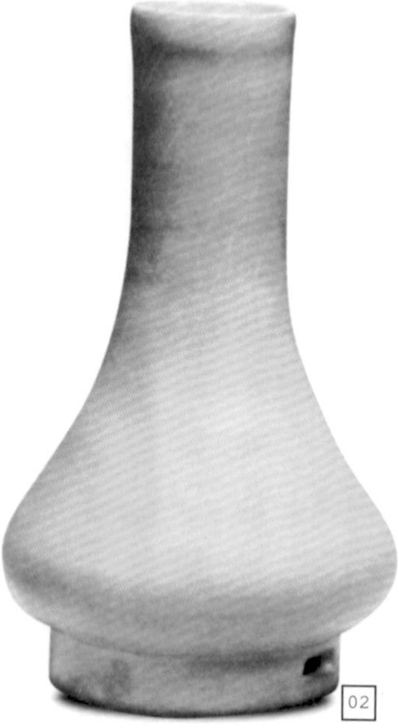

02

01 元　龍泉青瓷大罐

02 宋　官窯瓶

03 清　祭紅渣斗

04 北宋　官窯劃花盤

05 清　霽青長頸瓶

03

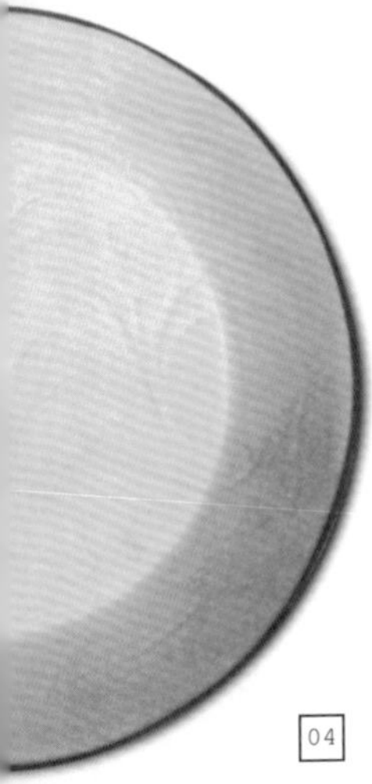
04

05

甜白：不知怎麼回事會找出甜白這麼好的名字，幾件號稱甜白的器物多半都脆薄而婉膩，甜白的顏色微灰泛紫加上幾分透明。像霧峰一帶的好芋頭，熟煮了，在熱氣中乍剝了皮，含粉含光，令人甜從心起，甜白兩字也不知是不是這樣來的。

嬌黃：嬌黃其實很像杏黃，比黃瓤西瓜的黃深沈，比袈裟的黃輕俏，是中午時分對正陽光的透明黃玉，是琉璃盞中新榨的純淨橙汁，黃色能黃到這樣好眞叫人又驚又愛又心安。美國式的橘黃太耀眼，可以做屬於海洋的遊艇和救生圈的顏色，中國皇帝的龍袍黃太誇張，彷彿新富乍貴，自己一時也不知該怎麼穿著，才胡亂選中的顏色，看起來不免有點舞臺戲服的感覺。但嬌黃是定靜的沉思的，有著《大學》一書裏所說的「定而後能靜、靜而後能安、安而後能慮、慮而後能得」的境界。有趣的是「嬌」字本來不能算是稱職的形容顏色的字眼——太主觀，太情緒化，但及至看了「嬌黃高足大盌」，倒也立刻忍不住點頭稱是，承認這種黃就該叫嬌黃。

茶葉末：茶葉末其實是秋香色，也略等於英文裏的酪梨色（Avocado），但情味並不相似。酪梨色是軟綠中透著柔黃，如池柳初舒，茶葉末則顯然忍受過搓揉和火炙，是生命在大挫傷中歷煉之餘的幽沈芬芳，但兩者又分明屬於一脈家譜，互有血緣。此色如果單獨存在，會顯得悒悶，但由於是釉色，所以立刻又明麗生鮮起來。

鷓鴣斑：這稱謂原不足以算「純顏色」，但仔細推來，這種乳白赤褐交錯的圖案效果如果不用此字，眞不知如何形容，鷓鴣斑三字本來很可能是鷓鴣鳥羽毛的錯綜效果，我自己卻一廂情願的認爲那是鷓鴣鳥蛋殼的顏色。所有的鳥蛋都有極其漂亮的顏色，或紅褐或淺碧，或斑斑朱朱。鳥蛋不管隱於草茨或隱於枝柯，像未熟之前的果實，它有顏色的目的竟是求其「失色」，求其「不被看見」。這種斑麗的隱身衣眞是動人。

霽青、雨過天青：霽青和雨過天青不同，前者是凝凍的深藍，後者比較有雲淡天青的淺緻。有趣的是從字義上看都指雨後的晴空。大約好事好物也不能好過頭，朗朗青天看久了也會糊塗，以爲不希罕。必須烏雲四合，鉛灰一片乃至雨注如傾盆之後的青天才可喜。柴世宗御批指定「雨過天青雲破處，這般顏色做將來。」口氣何止像君王，更像天之驕子，如此肆無忌憚簡直根本不知道世上有不可爲之事，連造化之詭，天地之祕也全不瞧在眼裏。不料正因爲他孩子似的、貪心的、漫天開價的要求，世間竟眞的有了雨過天青的顏色。

剔紅：一般顏色不管紅黃青白，指的全是數學上的「正號」，是在形狀上面「加」上去的積極表現。剔紅卻特別奇怪，剔字是「負號」，指的是在層層相疊的漆色中以雕刻家的手法挖掉了紅色，是「減掉」的消極手法。其實，既然剔除了只能叫剔空，它卻堅持叫剔紅，彷彿要求我們留意看那番疼痛的過程。站在大玻璃櫥前看剔紅漆盒看久了，竟也有一份悲喜交集的觸動，原來人生亦如此盒，它美麗剔透，不在保留下來的這一部分，而在挖空剔除的那一部分。事情竟是這樣的嗎？在忍心的割捨之餘，在冷情的鏤空之後，生命的圖案才足動人。

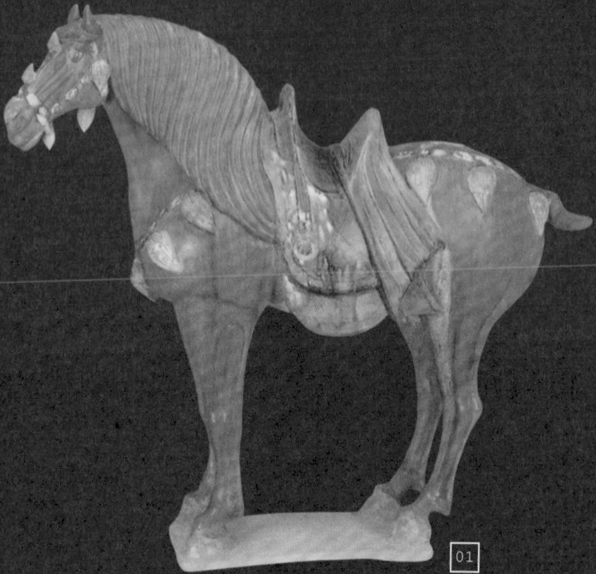

01

02

01 唐 三彩馬

02 清 雍正 琺瑯彩盤盌

03 明 弘治 黃底藍彩盤

04 清 乾隆 鬥彩雙耳扁壺

03

04

鬥彩：鬥彩的鬥字也是個奇怪的副詞，顏色與顏色也有可鬥的嗎？文字學上鬥字也通於逗，逗字與鬥字在釉色裏面都有「打情罵俏」的成分，令人想起李賀的「石破天驚逗秋雨」，那一番逗簡直是挑逗啊！把雨水從天外逗引出來，把顏色從幽冥中逗弄出來，鬥彩的小器皿向例是熱鬧的，少不了快意的青藍和珊瑚紅，非常富民俗趣味。近人語言裏每以逗這個動詞當形容詞用，如云「此人眞逗！」形容詞的逗有「絕妙好玩」的意思，如此說來，我也不妨說一句「鬥彩眞逗！」

當然，「豔色天下重」，好顏色未必皆在宮中，一般人玩玉總不免玩出一番好顏色好名目來，例如：

孩兒面（一種石灰沁過而微紅的玉）

鸜哥綠（此綠是因爲做了青銅器的鄰居受其感染而變色的）

茄皮紫

秋葵黃

老酒黃（多溫暖的聯想）

蝦子青（石頭裏面也有一種叫「蝦背青」的，讓人想起屬於蝦族的灰青色的血液和肌理）

不單玉有好顏色，石頭也有，例如：

魚腦凍：指一種青灰淺白半透明的石頭，「燈光凍」則更透明。

雞血：指濃紅的石頭。

艾葉綠：據說是壽山石裏面最好最值錢的一種。

鍊蜜丹棗：像蜜餞一樣，是個甜美生津的名字，書上說「百鍊之蜜，漬以丹棗，光色古黯，而神氣煥發」。

桃花水：據說這種亦名桃花片的石頭浸在瓷盤淨水裏，一汪水全成了淡淡的「竟日桃花逐水流」的幻境。如果以桃花形容石頭，原也不足爲奇，但加一「水」字，則迷離洸漾，硬是把人推到「兩岸桃花夾古津」的粉紅世界裏去了。類似的淺紅石頭也有叫「浪滾桃花」的，聽來又悽惋又響亮，叫人不知如何是好。

硯水凍：這是種不純粹的黑，像白晝和黑夜交界處的交戰和朦朧，並且這份朦朧被魔法定住，凝成水果凍似的一塊，像硯池中介乎濃淡之間的水，可以寫詩，可以染墨，也可以祕而不宣，留下永恆的緘默。

石頭的好名字還有許多，例如「鵓鴿眼」（一切跟「眼」有關的大約都頗精粹動人，像「虎眼」、「貓眼」）「桃暈」、「洗苔水」、「晚霞紅」等。

當然，石頭世界裏也有不「以色事人」的，像太湖石、常山石，是以形質取勝，兩相比較，像美人與名士，各有可傾倒之處。

除了玉石，駿馬也有漂亮的顏色，項羽必須有英雄最相宜的黑色來配，所以「烏」騅不可少，關公有「赤」兔，劉徹有汗「血」，此外「玉」驄，「華」騮，「紫」驥，無不充滿色感。至於女子騎馬，則另有一番清豔，「桃花馬上石榴裙」，啊，此馬若是戰馬，我會因那美麗的配色竟至不戰而亡。此外不騎馬而騎牛的那位老聃他的牛也有顏色，是青牛，老子一路行去，函谷關上只見「紫」氣東來。

馬之外，英雄當然還須有寶劍，寶劍也是「紫電」、「青霜」，當然也有以「虹氣」來形容劍器的，那就更見七彩繽紛了。

中國晚期小說裏也流金泛彩，不可收拾，《金瓶梅》裏小小幾道點心，立刻讓人進入「色彩情況」，如：

揭開，都是頂皮餅，松花餅，白糖萬壽糕，玫瑰搽穰捲兒。

寫惠蓮打鞦韆一段也寫得好：

這惠蓮也不用人推送，那鞦韆飛起在半天雲裏，然後忽地飛將下來，端的卻是飛仙一般，甚可人愛。月娘看見，對玉樓李瓶兒說：『你看媳婦子，他倒會打。』正說著，被一陣風過來，把她裙子刮起，裏邊露見大紅潞紬褲兒，扎著臟頭紗綠褲腿兒，好五色納紗護膝，銀紅線帶兒。玉樓指與月娘瞧。

另外一段寫潘金蓮裝丫頭的也極有趣：

卻說金蓮晚夕，走到鏡臺前，把髮髻摘了，打了個盤頭楂髻，把臉搽的雪白，抹的嘴脣兒鮮紅，戴著兩個金澄籠墜子，貼著三個面花兒，帶著紫銷金箍兒，尋了一套大紅織金襖兒，下著翠藍緞子裙，妝扮丫頭，哄月娘眾人耍子。叫將李瓶兒來與他瞧，把李瓶兒笑的前仰後合。說道：「姐姐，你妝扮起來，活像個丫頭，我那屋裏有紅布手巾，替你蓋著頭，等我往後邊去，對他們只說他爹又尋了個丫頭，唬他們唬，敢情就信了。」

買手帕的一段，顏色也多得驚人：

敬濟道：「門外手帕巷有名王家，專一發賣各色改樣銷金點翠手帕汗巾兒，隨你要多少也有，你老人家要甚麼顏色？銷甚花樣？早說與我，明日都替你一齊帶的來了。」李瓶兒道：「我要一方老黃銷金點翠穿花鳳的。」敬濟道：「六娘，老金黃銷上金，不顯。」李瓶兒道：「你別要管我，我還要一方銀紅綾銷江牙海水嵌八寶兒的，又是一方閃色芝麻花銷金的。」敬濟便道：「五娘，你老人家要甚花樣？」金蓮：「我沒銀子，只要兩方兒勾了，要一方玉色綾鎖子地兒銷金的。」敬濟道：

「你又不是老人家，白剌剌的要他做甚麼？」金蓮道：「你管他怎的？戴不的，等我往後有孝戴！」敬濟道：「那一方要甚顏色？」金蓮道：「那一方，我要嬌滴滴紫葡萄顏色四川綾汗巾兒，上銷金間點翠花樣錦，同心結方勝地兒，一個方勝兒裏面，一對兒喜相逢，兩邊闌子兒都是纓絡珍珠碎八寶兒。」敬濟聽了，說道：「耶嚛，耶嚛，再沒了，賣瓜子兒開箱子打噴嚏，瑣碎一大堆。」

看了兩段如此如見其人如聞其聲的描寫，竟也忍不住疼惜起潘金蓮來了，有表演天才，對音樂和顏色的世界極敏銳，喜歡白色和嬌滴滴的葡萄紫，可憐這聰明剔透的女人，在這個世界上她除了做西門慶的第五房老婆外，可以做的事其實太多了！只可憐生錯了時代！

《紅樓夢》裏則更是一片華彩，在「千紅一窟」「萬豔同盃」的幻境之餘，怡紅公子終生和紅的意象是分不開的，跟黛玉初見時，他的衣著如下：

頭上戴著束髮嵌寶紫金冠，齊眉勒著二龍戲珠金抹額；一件二色金百蝶穿花大紅箭袖，束著五彩絲攢花結長穗宮絛，外罩石青起花八團倭緞排穗褂；登著青緞粉底小朝靴……

沒過多久，他又換了家常衣服出來：

已換了冠帶，頭上週圍一轉的短髮，都結成小辮，紅絲結束，共攢至頂中胎髮，總編一根大辮，黑亮如漆；從頂至梢，一串四顆大珠，用金八寶墜腳；身上穿著紅撒花半舊大襖，仍舊帶著「項圈」「寶玉」「寄名鎖」「護身符」等物；下面半露松綠撒花綾褲，錦邊彈墨襪，厚底大紅鞋。

寶玉由於在小說中身居要津，不免時時刻刻要爲他佈下多彩的戲服，時而是五色斑麗的孔雀裘，有時是生日小聚時的「大紅綿紗小襖兒，下面綠綾彈墨夾褲，散著褲腳，繫著一條汗巾，靠著一個各色玫瑰芍藥花瓣裝的玉色夾紗新枕頭」。生起病來，他點的菜也是仿製的小荷花葉子、小蓮蓬，圖的只是那翠荷鮮碧的好顏色。此人告別的鏡頭是白茫茫大地上的一件猩紅斗篷。就連日常保暖的一件小內衣，也是白綾子紅裏子上面繡起最生香活色的「鴛鴦戲水」。

和寶玉的猩紅斗篷有別的是女子的石榴紅裙。猩紅是「動物性」的，傳說紅染料裏要用猩猩血色來調才穩得住，眞是悽傷到極點的頑烈顏色，恰適合寶玉來穿。石榴紅是植物性的，香菱和襲人兩個女孩在林木蓊鬱的園子裏，偷偷改換另一條友伴的紅裙，以免自己因玩瘋了而弄髒的那一條被衆人發現了。整個情調讀來是淡淡的植物似的悠閒和疏淡。

和寶玉同屬「富貴中人」的是王熙鳳，她一出場，便自不同：

只見一群媳婦丫嬛擁著一個麗人從後房進來。這個人打扮與姑娘們不同，彩繡輝煌，恍若神仙妃子，頭上戴著金絲八寶攢珠髻，綰著朝陽五鳳掛珠釵；項上戴著赤金盤螭瓔珞圈；身上穿著縷金百蝶穿花大紅雲緞窄褙襖，外罩五彩刻絲石青銀鼠褂，下著翡翠撒花洋縐裙。

這種明豔剛硬的古代「女強人」，只主管一個小小賈府，真是白糟蹋了。

《紅樓夢》裏的室內設計也是一流的，探春的，妙玉的，秦氏的，賈母的，各有各的格調，各有各的擺設，賈母偶然談起窗紗的一段，令人神往半天：

那個紗比你們的年紀還大呢！怪不得他認做蟬翼紗，原也有些像。不知道的都認作蟬翼紗，正經名叫「軟煙羅」……那個軟煙羅只有四樣顏色：一樣雨過天青，一樣秋香色，一樣松綠的，一樣就是銀紅的。要是做了帳子，糊了窗屜，遠遠的看著，就似煙霧一樣，所以叫做軟煙羅。那銀紅的又叫做「雲影紗」。

《紅樓夢》也是一部「紅」塵手記吧，大觀園裏春天來時，鶯兒摘了柳樹枝子，編成淺碧小籃，裏面放上幾枝新開的花，……好一齣色彩的演出。

和小說的設色相比，詩詞裏的色彩世界顯然密度更大更繁富。奇怪的是大部分作者都秉承中國人對紅綠兩色的偏好，像李賀，最擅長安排「紅」「綠」這兩個形容詞前面的副詞，像：

老紅、墜紅、冷紅、靜綠、空綠、頹綠。

眞是大膽生鮮，從來在想像中不可能連接的字被他一連，也都變得嫵媚合理了。

此外像李白「寒山一帶傷心碧」（菩薩蠻），也用得古怪，世上的綠要綠成什麼樣子才是傷心碧呢？「一樹碧無情」亦然，要綠到什麼程度可算絕情綠，令人想像不盡。

杜甫「寵光蕙葉與多碧，點注桃花舒小紅」（江雨有懷鄭典設）以「多碧」對「小紅」也是中國文字活潑到極處的面貌吧？

此外李商隱溫飛卿都有色癖，就是一般詩人，只要拈出「雨中黃葉樹」「燈下白頭人」的對句，也一樣有迷人情致。

詞人中小山詞算是極愛色的，鄭因百先生有專文討論，其中如：

綠嬌紅小、朱弦綠酒、殘綠斷紅、露紅煙綠、遮悶綠掩羞紅、晚綠寒紅、君貌不長紅、我鬢無重綠。

竟然活生生的將大自然中最旺盛最歡愉的顏色馴服爲滿目蒼涼，也眞是奪造化之功了。

秦少游的「鶯嘴啄花紅溜，燕尾點波綠縐」也把顏色驅趕成一群聽話的上駟，前句由於鶯的多事，造成了由高枝垂直到地面的用花瓣點成的虛線，後句則緣於燕的無心，把一面池塘點化成迴紋千度的綠色大唱片。另外有位無名詞人的「萬樹綠低迷，一庭紅撲簌」也令人目迷不暇。

「知否知否，應是綠肥紅瘦」這李清照句中的顏色自己也幾乎成了美人，可以在纖穠之間各如其度。

蔣捷有句謂「紅了櫻桃，綠了芭蕉」，其中的紅綠兩字不單成了動詞，而且簡直還是進行式的，櫻桃一點點加深，芭蕉一層層轉碧，眞是說不完的風情。

辛稼軒「喚取紅巾翠袖，搵英雄淚」也在英雄事業的蒼涼無奈中見婉媚。其實世上另外一種悲劇應是「紅巾翠袖空垂」——因爲那女子找不到眞英雄，而且眞英雄未必肯以淚示人。

元人小令也一貫的愛顏色，白樸有句曰「黃蘆岸白蘋渡口，綠楊堤紅蓼灘頭」用色之奢侈，想來隱身在五色祥雲後的神仙也要爲之思凡吧？馬致遠也有「和露摘黃花，帶霜烹紫蟹，煮酒燒紅葉」的好句子，煮酒其實只用枯葉便可，不必用紅葉，曲家用了，便自成情境。

世界之大，何處無色，何時無色，豈有一個民族會不懂顏色？但能待顏色如情人，相知相契之餘且不嫌麻煩的，想出那麼多出人意表的字眼來形容描繪它，捨中文外，恐怕不容易再找到第二種語言了吧？

——原載七十四年七月號《故宮文物月刊》

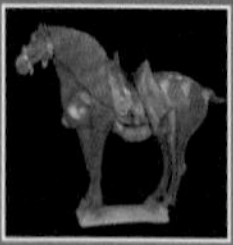

初 心

「初，裁衣之始也。」文字學的書上如此解釋。人生一世，亦如一匹辛苦織成的布，一刀下去，一切就都裁就了。

一、初哉首基肇祖元胎……

因爲書是新的，我翻開來的時候也就特別愼重。書本上的第一頁第一行是這樣的：

「初、哉、首、基、肇、祖、元、胎……始也。」

那一年，我十七歲，望著《爾雅》這部書的第一句話而愕然，這書眞奇怪啊！把「初」和一堆「初的同義詞」並列卷首，彷彿立意要用這一長串「起始」之類的字來作整本書的起始。

也是整個中國文化的起始和基調吧？我有點敬畏起來了。

想起另一部書，《聖經》，也是這樣開頭的：

「起初，上帝創造天地。」

眞是簡明又壯闊的大筆，無一語修飾形容，卻是元氣淋漓，如洪鐘之聲，震耳貫心，令人讀著讀著竟有坐不住的感覺，所謂壯志陡生，有天下之志，就是這種心情吧！寥寥數字，天工已竟，令人想見日之初升，海之初浪，高山始突，峽谷乍裂以及大地寂然等待小草湧騰出土的剎那！

而那一年，我十七，剛入中文系，剛買了這本古代第一部字典《爾雅》，立刻就被第一頁第一行迷住了，我有點喜歡起文字學來了。眞好，中國人最初的一本字典（想來也是世人的第一本字典），它的第一個字就是「初」。

「初，裁衣之始也。」文字學的書上如此解釋。

我又大爲驚動，我當時已略有訓練，知道每一個中國文字背後都有一幅圖畫，但這「初」字背後不止一幅畫，而是長長的一幅卷軸。想來當年造字之人初造「初」字的時候，也是煞費苦心之餘的神來之筆。「初」這件事無形可繪，無狀可求，如何才能追蹤描摹？

於是他想起了某個女子的動作，也許是母親，也許是妻子，那樣慎重的先從紡織機上把布取下來，整整齊齊的一匹布，她手握剪刀，當窗而立，她屏息凝神，考慮從哪裏下刀，陽光把她微微毛亂的鬢髮渲染成一輪光圈。她用神祕而多變的眼光打量著那整匹布，彷彿在主持一項典禮，其實她努力要決定的只不過是究竟該先做一件孩子的小衫好呢？還是先裁自己的一幅裙子？一匹布，一如漸漸沈黑的黃昏，有一整夜的美夢可以預期——當然，也有可能是惡夢，但因爲有可能成爲惡夢，美夢就更値得去渴望——而在她思來想去的當際，窗外陸陸續續流溢而過的是初春的陽光，是一批一批的風，是雛鳥拿捏不穩的初嗚，是天空上一匹復一匹不知從哪一架紡織機裏捲出的浮雲……

那女子終於下定決心，一刀剪下去，臉上有一種近乎悲壯的決然。

「初」字，就是這樣來的。

人生一世，亦如一匹辛苦織成的布，一刀下去，一切就都裁就了。

整個宇宙的成滅，也可視爲一次女子的裁衣啊！我愛上「初」這個字，並且提醒自己每清晨都該恢復爲一個「初人」，每一刻，都要維護住那一片初心。

二、初發芙蓉

〈顏延之傳〉裏這樣說：

「顏延之問鮑照，己與謝靈運優劣，照曰：『謝五言詩如初發芙蓉，自然可愛，君詩如鋪錦列繡，雕繢滿眼。』」

六朝人說的芙蓉便是荷花，鮑照用「初發芙蓉」比謝靈運，實在令人羨慕，其實「像荷花」不足爲奇，能像「初發水芙蓉」才令人神思飛馳。靈運一生獨此四字，也就夠了。

後來的文學批評也愛沿用這字眼，周濟（介存齋）《論詞雜著》論晚唐韋莊的詞便說：

「端己詞清豔絕倫，初日芙蓉春日柳，使人想見風度。」

中國人沒有什麼「詩之批評」或「詞之批評」，只有「詩話」「詞話」，而詞話好到如此，其本身已凝聚飽實，且華麗如一則小令。

三、清露晨流新桐初引

《世說新語》裏有一則故事，說到王恭和王忱原是好友，以後卻因政治上的芥蒂而分手。只是每次遇見良辰美景，王恭總會想到王忱。面對山石流泉，王忱便恢復為王忱，是一個精采的人，是一個可以共享無限清機的老友。

有一次，春日絕早，王恭獨自漫步到幽極勝極之處，書上記載說：

「于時清露晨流，新桐初引。」

那被人愛悅，被人譽為「濯濯如春月柳」的王恭忽然悵悵然冒出一句：「王大故自濯濯。」語氣裏半是生氣半是愛惜，翻成白話就是：

「唉，王大那傢伙眞沒話說——實在是出衆！」

不知道為什麼，作者在描寫這段微妙的人際關係時，把周圍環境也一起寫進去了。而使我讀來怦然心動的也正是那段「于時清露晨流，新桐初引」的附帶描述。也許不是什麼驚心動魄的大景觀，只是一個序幕初啓的清晨，只是清晨初初映著陽光閃爍的露水，只是露水妝點下的桐樹初初抽了芽，遂使得人也變得純潔靈明起來，甚至強烈地懷想起那個有過嫌隙的朋友。

李清照大約也是被這光景迷住了，所以她的〈念奴嬌〉裏竟把「清露晨流，新桐初引」

的句子全搬過去了。一顆露珠，從六朝閃到北宋，一葉新桐，在安靜的扉頁裏晶薄透亮。

我願我的朋友也在生命中最美好的片刻想起我來。在一切天清地廓之時，在葉嫩花初之際，在霜之始凝，夜之始靜，果之初熟，茶之方馨。在船之啓碇，鳥之迴翼，在嬰兒第一次微笑的剎那，想及我。

如果想及我的那人不是朋友，而是敵人（如果我有敵人的話），那也好——不，也許更好，嫌隙雖深，對方卻仍會想及我，必然因爲我極爲精采的緣故。當然，也因爲一片初生的桐葉是那麼好，好得足以讓人有氣度去欣賞仇敵。

——原載民國七十七年一月一日《中國時報・大地副刊》

湖洄

屬於渭水和淡水河的蔣勳，屬於汨羅江和外雙溪的楚戈，屬於西喇木倫和大漢溪的席慕蓉，本是三條流向不同的河，此刻卻在交會處沖積出肥腴的月灣土壤。

一、掌燈時分

民國二十年，江南的承平歲月依依曖曖如一春花事之無限。四月，陌上桃花漸歇，梔子花滿山漫開如垂天之雲。春江漲綠，水面拉寬略如淡水河。江有個名字，叫汨羅江，水上浮著倏忽來往的小船，他的家離江約需走一小時，正式的地名是湖南湘陰縣白水鄉宴家沖。家裏有棵老樟樹，樹上還套生了一株梅花。黃昏時分年輕的母親生下這家人家的長孫。五十二年後，她仍能清楚的述起這件事：

「是酉時哩，那時天剛黑，生了他，就掌上燈了。」

漸漸開始有了記憶，小小的身子站在繡花綳子前看母親繡花。母親繡月季、繡蝴蝶，以及燕子、梅花。母親繡大一點的被面、屏幃就先畫稿子，至於繡新娘用的鞋面枕套竟可以隨手即興的直接繡下去。繡到一半，不免要停下來料理一下家務。小男孩一俟母親走開，立刻抓起針往白色緞面上扎下去。才繡幾針，母親回來了，看看，發覺不對，而重拆是很麻煩的。繡花當時是家庭副業，哪容小男孩搗蛋玩這種「奢侈的遊戲」，所以按理必須打一頓。只是打完了，小男孩下次仍受不了誘惑又從事這種「探險」，怎樣的蔥綠配怎麼的桃紅？怎樣以線組成面？爲何半瓣梅花、半片桃葉，皆能於光暗曲折之間自有其大起伏大跌宕——這樣繡了挨打，打完又繡，奇怪的是忽有一天母親不打人了，因爲七八歲的小男孩已經可以繡到和母親差不多的程度了。

家裏還織布染布，煮染的時候小男孩總在一旁興奮的守著。如果是染衣服，就更講究些，母親懂得如何在袖口領口口袋等處綁上特殊的圖案，染好以後鬆開綁線，留在藍布或紫布上的白花常令小男孩驚喜錯愕。

比較簡單的方法是在夏末把整疋布鋪在蓮花池畔，小男孩跳下池子去挖藕泥，挖好泥漿以後塗在布上曝曬。乾了就洗掉，再敷再曬。五六遍以後粗棉布便成了夾褐的灰紫色。家裏的男人幾乎都穿這種布衣。

還放牛，還自己釀米酒、撿毛栗、撿菌子、撿梔子花結成的梔實。日子過得忙碌而優游——似乎知道日後那一場別離，所以預先貯好整個一生需用的回憶。

十五歲讀初中，學校叫汨羅中學，設在屈子祠裏。祠就在江邊上，學生飲用的便是汨羅江水。做父親的挑著一肩行李把兒子送到祠中，註了冊，直走到最後一進神殿，跪下，對著陽雕金字「楚三閭大夫屈子之神位」叩了三個頭，男孩也拜了三下。做父親的大概沒想到磕了三個頭後，這中國的詩神便收了男孩爲門徒，使男孩的一生都屬於詩魂。

山水激情它幻也
愛恨相糾存到刻
殷中於大南地

一九八秋中日偉畫

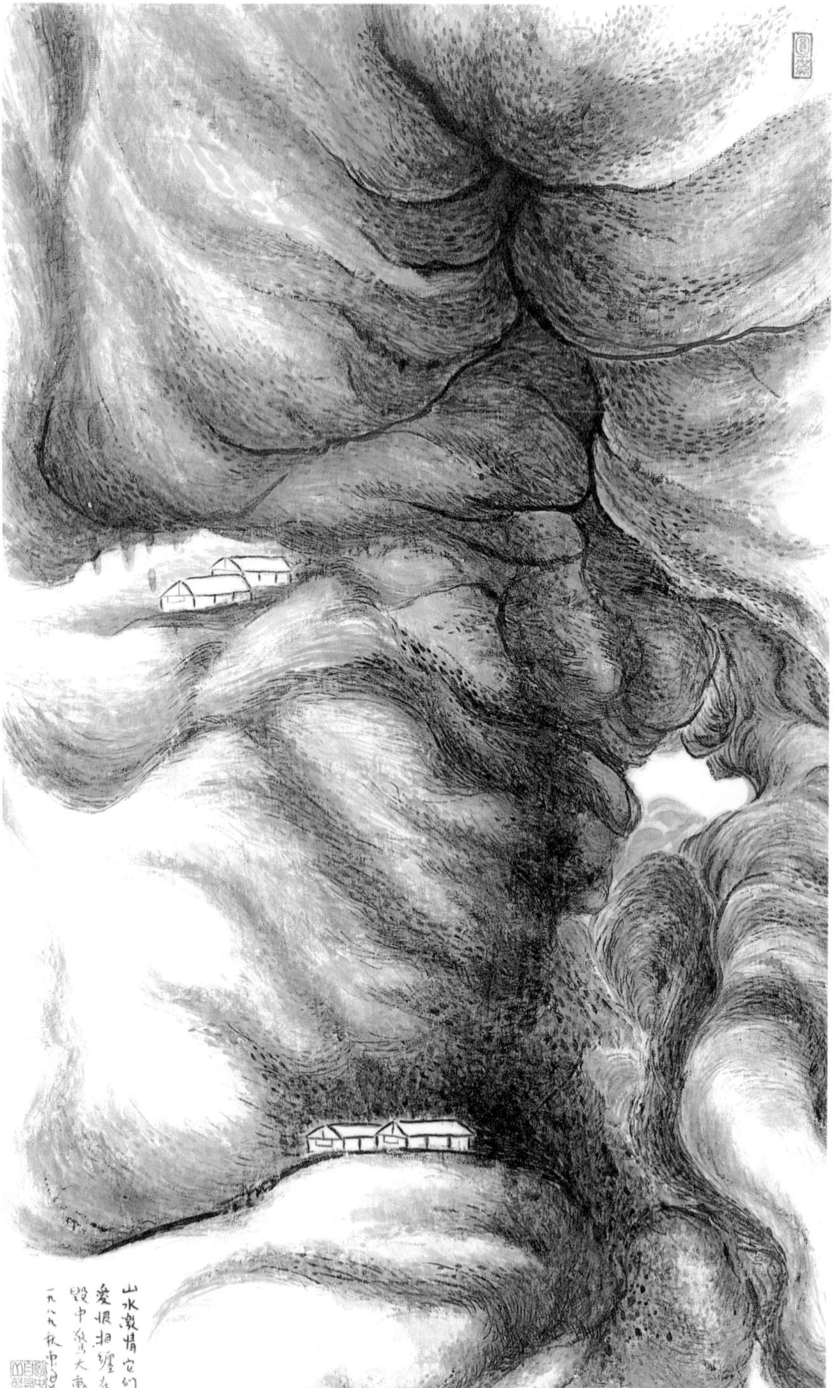

象山環抱
瓦房三四
間撮幾
株以有
福之人
一所居之
處 五六冬
東海蔣勳 作畫

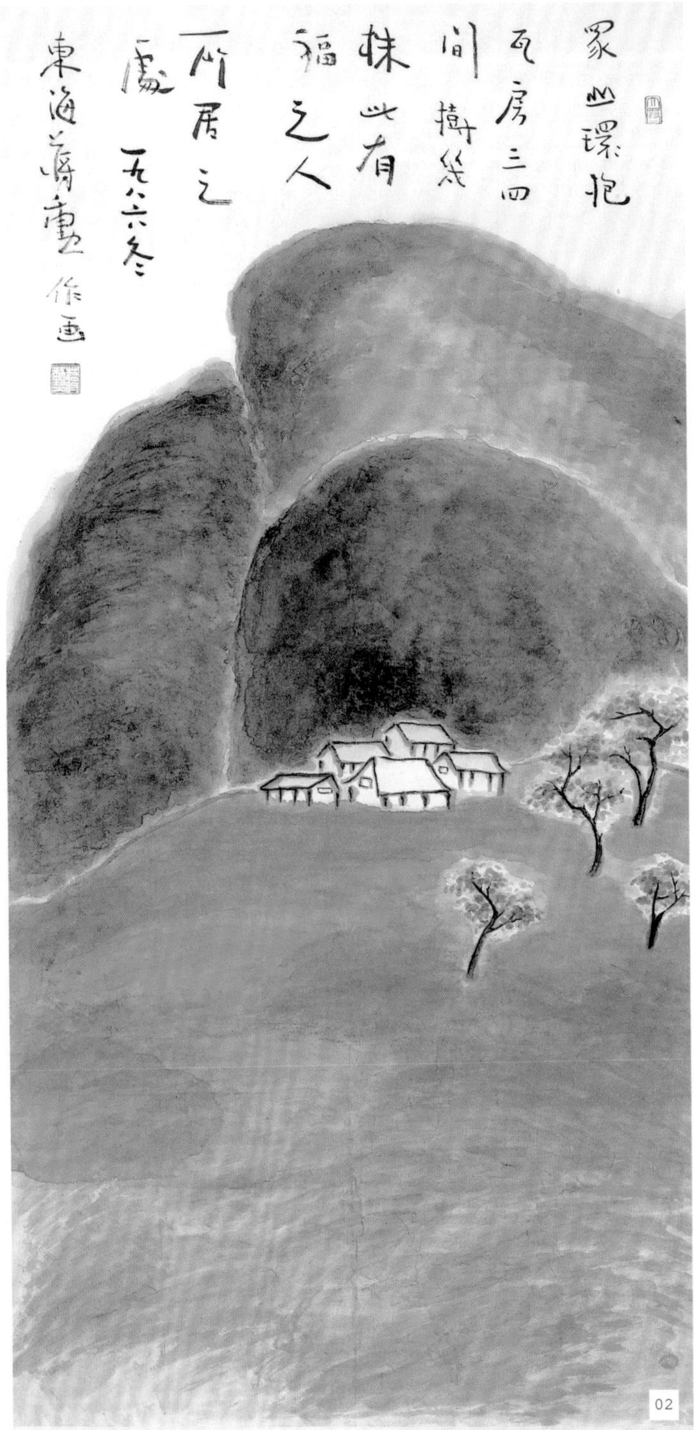

起先，在十歲那年，男孩曾跟宋容生教授讀過《左傳》和《詩經》。宋教授從北大回鄉養病，男孩在他家看到故宮的出版品和文物圖片，遂悠然有遠志。他不知道二十七年以後他自己也進入故宮，並且在器物研究之餘也是《故宮文物月刊》的編輯委員。他回想起來，覺得遇見宋先生是生平最早出現的大事。另一件大事則是在理化老師家讀到了長沙出版的《新文學》雜誌，知道世上有小說、散文和詩歌。

民國三十七年，從軍。長沙城的火車站裏男孩看著車窗外的舅舅跑來跑去在滿月臺找他，想抓他回家，他狠心不顧而去。在兵籍簿上他寫下自己的名字，因而分到一枚框著紅邊的學兵符號佩在胸上，上面寫著「袁德星」。

二、「到西安城外，娶一漢家平民女子……」

而同一年，遠方另有一男孩才一歲，住在西安城的小雁塔下。和他生命相繫的最早的這條河叫渭水。

外曾祖父那一代在西安做知府，慈禧逃庚難那一年還是他接的駕。大概由於擁有這麼一種家世，他被取了一個大有期許意味的名字：蔣勳。

辛亥革命之後，身爲旗人的外曾祖父那一代敗落了。外曾祖父臨死傳下遺命，要兒子必須娶個西安城外的漢家女子，平民出身，刻苦堅忍的那一種，家道才有可能中興起來。外婆就這樣嫁過來。外祖父顯然不太愛這位妻子，一逕逃到燕京大學去念書了。但這位外婆倒眞是過日子的一把好手，丈夫不在，她便養一窩貓。日本人侵華的那些年，西安城裏別家沒吃的，她卻能趁早晨城門乍開之際，擦身偷擠出去。一出城，她便如縱山之虎，城外到處都是她的鄉親朋友，弄點糧食是不成問題的。後來她又把大屋子劃成一百多個單位，分租給人，租錢以麵粉計，大倉房裏麵粉堆得滿滿的。

看到小外孫出生，她極高興，因爲小男孩已有哥哥，她滿心相信可以把這孩子朓給母系，所以格外疼愛。西安城裏冬天苦冷，她把小嬰兒綁在厚棉褲的褲襠裏，像一串不容別人染指的鑰匙。

母親當年念了西安女子師範，畢業典禮上的那首歌她一直都在唱：「我們今天是桃李芬芳，明天是社會的棟樑。」她還有一把上海來的蝴蝶牌口琴，後來因爲窮，換了麵粉，事後大約不免有秦瓊賣馬之悲，也因此每和父親吵架，都會把「口琴事件」搬出來再罵一遍。

中國民間女子的豪闊亮烈，蔣勳是在母親身上看到的。

她到臺北的故宮博物院去參觀，看到那些菲薄透明的瓷碗，冷冷笑道：

「這玩意啊，我們家多的是，從前，你外婆心情不好的時候，就摔它一個。」

看到貴婦人手上的翡翠，她也笑：「這算什麼，從前旗人女子後腦勺都要簪一根扁簪，一尺長咧，純祖母綠，放在水裏，一盆盡綠——這種東西，逃難的時候，還不是得丟嗎？丟了就丟了就是了。」

母親有著對美的強烈直覺和本能，卻能不依戀，物我之間，清淨無事。

往南方逃亡的時候，已經是民國四十年了，逃到福建，從長樂上船。小男孩哭，母親把他藏在船艙下面，嚇唬他不准再哭了——早期的恐懼經驗在後來少年的心裏還不斷成為夢魘，他時時夢見古井，夢到驚惶的窒悶和追捕。

暫時住在西沙群島一個叫白犬的地方，好心的打魚人有時丟給他們幾尾魚，日子就這樣過下來。奇怪的是，許多年後，做姊姊的仍然戀戀不捨想起那些漁人分給他們的魚：「好大的魷魚啦，拿來放在灰裏煨熟——哎，那種好吃……」

逃難的歲月，毀家蕩產的悲痛都退去了，只剩下一尾好吃的魚的回憶。

終於，全家到了台灣，住在大龍峒，淯水換成了淡水河，孔廟是小男孩每天要去玩的地方。至於那輕易忘掉翠尺的母親寧可找些胭脂來為過年的饅頭點紅，這才是真正的人間喜氣。那一年，是民國四十一年。

三、失蹤的湖

民國四十一年，小女孩九歲，住在一個叫灣仔的地方。逃學的坡路上有雜色的馬纓丹，剛剛夠一個小女孩可以爬得上去。熱鬧的街角有賣涼茶的，她和妹妹總是去喝——為的是賺取喝完之後那粒好吃的陳皮梅。當然，還有別的：例如迷途的下午被警察牽著回家時留在手心的溫暖、例如高斜如天梯的老街、例如必須捲起舌頭來學說的廣東話、例如假日裏被年輕父親帶去淺水灣玩水的喜悅、例如英記茶行那份安詳穩泰的老店感覺……然而，這一家人住在那棟樓上是奇怪的——他們是蒙古人，整個灣仔和整個港島對他們而言，還不及故鄉的一片草原遼闊，草原直漫到天涯，草香亦然，一條西喇木倫河將之剖為兩半，父親和母親各屬於左岸和右岸，而伯父和祖父沿湖而居，那湖叫汗諾日美麗之湖（汗諾日湖係蒙語「皇帝之湖」的意思）。二次大戰前日本某學術團體曾有一篇〈蒙古高原調查記〉，文中描述的湖是這樣的：

「沿途無限草原，由遠而近，出現名曰汗諾日的美麗之湖，周圍佔地約四華里，湖水清湛斷定為一淡水湖，湖上萬千水鳥群棲群飛，牛群悠然飲水湖邊，美景當前，不勝依戀……」

但對小女孩而言，河亦無影，湖亦無蹤，她只知道灣仔的眩目陽光，只知道下課時福利社裏蘇打水的滋味，五年之間，由小學而初中，她的同學都知道她叫席慕蓉，沒有人知道她真正的名字叫穆倫．席連勃，那名字是「大江河」的意思。

讀到初一，全家決定來臺灣，住在北投的山徑上，那一年是民國四十三年，她十一歲了。

四、湖口街頭初綻的梅幅

那一年，袁德星早已輾轉經漢口、南京、上海而基隆而湖口，在島上生活五年了。「受恩深處便爲家」，他已經不知不覺將湖口認作了第二故鄉。

也許因爲有個學了點裱畫的朋友，他也湊趣畫些梅花、枇杷讓對方裱著玩，及至裱好了兩人又拿到湖口街上唯一的畫店去懸掛，小鎮從來沒出現這種東西，不免轟動一時——算來也許是他的第一次畫展，如果那些初中時代的得獎壁報不算的話。

楚戈這筆名尙未開始取，當時忙著做的事是編刊物、到田曼詩女士家去看人畫畫、結交文人朋友。民國四十六年，他拿畫到台北忠孝西路去裱，裱褙店的人轉告他說有人想買此畫，遂以六百元成交，那是生平賣出的第一張畫，得款則夠自己和朋友們大醉一場。

仍然苦悶，一個既不能回鄉也不能戰死的小兵，在一個偶然的機會裏他請纓赴中南半島作游擊戰，當時他的一位老大哥趙玉明也報了名，別人問他原因，他說：

「不行啊，袁寶報了名，他那人糊裏糊塗，我不跟著去照顧他怎麼行呢？」

結果雖然沒有成行，好在他卻在知識和藝術的領域裏找到了更大的挑戰！戈之爲戈，總得及鋒而試啊！

五、密密的芙蓉花，開在防空洞上

搬進村子的第一天，蔣勳就去孔廟看野臺歌仔戲。母親一向喜歡河南梆子，所以也去了。一面看，她一面解釋說起來：

「這是武家坡啊！」

母親居然看得懂歌仔戲，也是怪事。家居的日子，母親是講故事的能手。她的故事有時簡單明瞭，如：

「那王寶釧啊，因為一直挖野菜來吃，吃啊，吃啊，後來就變成一張綠肚皮……」她言之鑿鑿，令人不得不信。也有時候，她正正經經講起《聊齋》，鄰居小孩也湊進來聽。弟弟又怕又愛聽，不知在哪一段高潮上嚇得向後翻倒，頭上縫了好幾針，這件讓為人篤實的父親罵了又罵。

每到三月十二日，公家就發下樹苗，當時政府規定家家要做防空洞，幼年的蔣勳和家人便把分到的芙蓉插在防空洞上。芙蓉一大早是白的，漸漸呈粉色，最後才變成豔紅。此外又家家種柳，柳樹長得潑旺如熾。防空洞當然一次也沒用過，卻變成小孩遊戲的地方，在裏面養鳥，養烏龜，連鴨子也跑進裏面去祕密的孵了一窩蛋，小孩和鴨子共守這份祕密——及至做母親的看到憑空冒出一窩小黃鴨，不免大吃一驚。

所謂戰爭，大概有點像那座防空洞，隱隱的坐落在那裏，你不能說它不存在，卻竟然

01

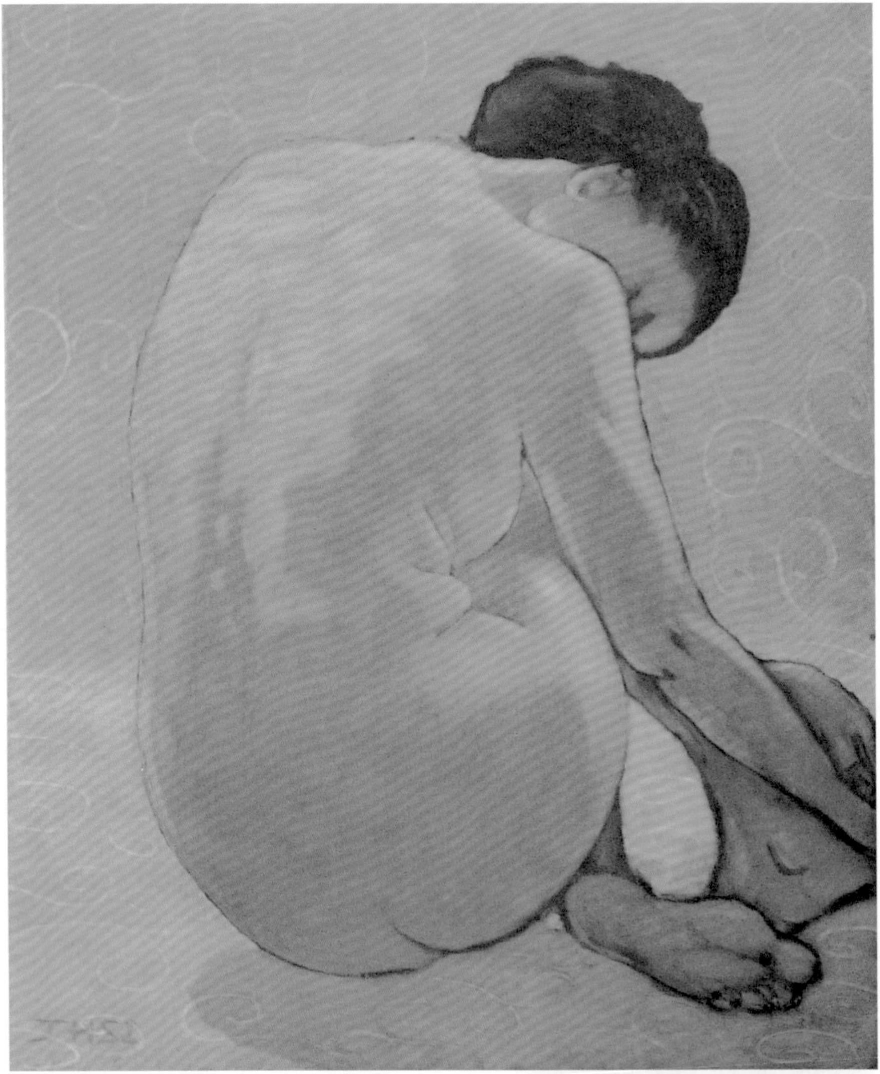

02

01　席慕蓉油畫夏荷200號（局部）

02　席慕蓉油畫女體

上面栽上芙蓉，下面孵著鴨子，被生活所化解了。男孩穿花拂柳一路跑到淡水河堤上去放風箏，跑得太快，線斷了，風箏跨河而去。他放棄了風箏轉頭去看落日，順便也看跟落日同方位的觀音山，觀音凝靜入定，他看得呆了——那一年，他小學四年級，十歲。

六、我可不可以來學畫？

十四歲考上臺北師範，席慕蓉背個大畫架，開始了她的習畫生涯。那一年，在軍中的楚戈開始努力看畫展和畫評，後來因爲覺得別人說的不夠鞭辟，便自己動手來寫。而十三歲的蔣勳出現在民衆服務處的教室裏，站在老畫家的面前問說：

「我沒有錢出學費——可不可以來學畫？」

老畫家凝望了少年一眼，點頭說：

「可以啊！」

民國五十五年，楚戈退役，考入藝專夜間部美術科。而蔣勳，這時候剛開始念文化大學歷史系，畢業以後，又讀了文大的藝術研究所，民國六十一年，二十五歲的他啓程赴巴黎。

「以前我以爲西安是我的鄉愁，飛機起飛的刹那才知道不是，臺灣在腳下變得像一張小小的地圖，那感覺很奇怪，我才知道西安是我爸爸媽媽的鄉愁，臺北才是我自己的鄉愁啊！」

七、回

終於能回國了，那一年是民國五十九年，心中脹著喜悅，腹中懷著孩子，席慕蓉覺得那一去一回是她生平最大的關鍵。

蔣勳回國則是在民國六十五年。

楚戈也回來了——雖然他並未出國。許多年來，他一向縱身於現代詩與現代畫的巨浪裏，但從民國五十七年供職故宮博物院開始，卻陸續發表了不少有關青銅器的論文。民國六十年，他在《中華文化復興月刊》上闢欄連續寫了兩年〈中國美術史〉。認識他的人不免驚奇於他向傳統的急遽回歸，但深識他的人也許知道，楚戈的性情是變中有不變，不變中有變的。

民國七十年，蔣勳出版《母親》詩集，在序文裏，他說：

「我讀自己第一本詩集《少年中國》，發現有許多淒厲的高音，重複的時候，格外臉紅。」

接著他又說：

「這幾年我在大屯山下，常常往山上走走。一到春天，地氣暖了，從山谷間氤氳著雲嵐，幾天的雨，使溪澗四處響起，嘩啦嘩啦，在亂石間爭竄奔流，在深窪之處匯聚成清澈的水潭。……我觀看這水，只是看它在動、靜、緩、急、迴、旋、崩、騰，它對自己的形狀好像絲毫沒有意見，在陡直的懸崖上奮力一躍，或澄靜如處子，那樣不同的變貌，你還是認得出它來，可以回復成你知道的水。

我對人生也有這樣的嚮往，無論怎樣多變，畢竟是人生。

我對詩也有這樣的嚮往，無論怎樣的風貌，畢竟是詩，不在乎它是深淵，是急湍，是怒濤，是淺流，它之所以是詩，不在於它的變貌，而在於你知道它可以回復成詩。」

回來的不只是從前那個離去的蔣勳，還要更多，多了一整腔沉潛的關情。民國七十二年，他接受了東海美術系系主任的職位。

至於席慕蓉，她在一個叫龍潭的地方住了下來，畫畫、教畫、寫詩並且做母親。前後開的畫展分別是人像系列、明鏡系列、荷花系列、夜色系列。

楚戈的情節發生了一點變化，六十九年底他發現自己得了鼻咽癌，此後便一隻手抗癌，一隻手工作，且戰且前卻也出版了三本書，出過四趟國，開了港、臺五六次畫展。

八、各在水一方

民國七十五年秋，蔣勳爲畢業班同學開了一門課名叫「文人畫」，他自己和楚戈、席慕蓉合授此課。屬於渭水和淡水河的蔣勳，屬於汨羅江和外雙溪的楚戈，屬於西喇木倫和大漢溪的席慕蓉，本是三條流向不同的河，此刻卻在交會處沖積出肥腴的月灣土壤。

「學生受了四年的專業訓練，」蔣勳說，「我現在著急的不是要為他們再『立』什麼，而是要為他們『破』，找三個人來開這門課，就是要為他們『破一破』！」

受惠的不只是學生，三個老師也默默欣賞起彼此的好處來。那屬於蒙古高原的席慕蓉，可以汲飲汨羅之水，那隸籍福建卻來自西安小雁塔的蔣勳可以細繹草原的秩序，至於那來自楚地的楚戈亦得聆聽大度山的清歌。一干原來不可能相逢的人物，在災劫之餘相知相遇，並且互灌互注，增加了彼此的水量與流速，形成一片美麗豐沃的流域。

九、谿谷桃李

民國七十六年春四月，沿太魯閣國家公園的綠水、文山、回頭彎、九梅一路走下去是桃塞溪和整片石基的河床（原名陶塞，此處是故意的筆誤）。再往裏面走，則是密不透天的桃花，桃花開得極飽滿的時候雄峙如一片頗有歷史感的故壘。躺在樹下苔痕斑斑的青石上看晴空都略覺困難——那一天，教室便在花下。

「席老師，」一個女孩走來，眼神依稀是自己二十年前的困惑，「這桃花，畫它不下來，怎麼辦？」

「畫不下來？」她的口氣有時剛決得近於凶狠，「你問我，我告訴你，我自己也畫它不下來呀！誰說你要畫它下來的？你就眞把它畫了下來，又怎麼樣？」

「畫家這行業根本是多餘的！」爬到一塊大石頭上的蔣勳自言自語地宣布，這話，不知該不該讓學生聽到。忽然，他對著一塊滿面迴文的石頭叫了起來，「你看，這是水自己把自己畫在石頭上了。」

楚戈則更無行無狀，速寫簿上一筆未著，卻跟一位當地的「蓮花池莊主」聊上了，一個勁的打聽如何來此落地生根。

「山水，」蔣勳說，「我想是中國人的宗教。」

那山是坐落於大劫大難與大恩大寵之間的山，那水是亦悲激亦喜悅之水。那山是半落青天之外淡然復兀然的山，那水是山中一夜雨後走勢狂勁直奔人間不能自止的水——各挾其兩岸的風景以俱來。

一陣風起，懸崖上的石楠撒下一層紅霧，溪水老是揀最難走的路走，像一個自己跟自己過不去的藝術家，弄得咻咻不已。師生一行的語音逐漸稀微，終至被風聲溪聲兼併，納入一山春聲。

——寫於民國七十六年五月三人聯袂畫展前夕

火中取蓮

一隻陶皿，是大悲痛大磨難大創痕之餘的定慧。
那些二度經火的器皿，此刻已涼如古玉，婉似霜花。

認識孫超這人，會使人有個衝動——老想給他寫傳記，因爲太精采。其實說傳記還不太對，傳記嫌平面，孫超的生平適合編成話本，有話有唱有板有眼一路演繹下去，（或演義下去），這，先從三代說起吧：

轟然一聲，三進大屋的第一進炸成平地。

接著，第二進也倒了。

那是中日戰爭的年代，地點則在自古以來一直和「戰爭」連在一起的徐州城。

一家人都逃光了，只剩下一位老婦人不動如山，端坐在第三進堂屋裏。有個日本軍人直走進來，看見她夷然自若的抽著水煙袋，啪噠——啪噠——，日本人剛入城，是這片淪陷區的新主人，但她是這所屋子的主人，一向就是。現在屋子雖炸了，但主人還是主人，她不打算站起身來。

日本軍人心虛了，他恭恭敬敬的放了一些東西在桌上，是罐頭，淪陷區最實惠的禮物。老婦人用大袖一拂，所有的罐頭砰砰然全落在地上。

依照當時戰勝軍人的氣燄，此刻洗劫全家，亦無不可，但那軍人走開了，走到藏書的地方，拿了幾本書就走了。

那老婦人是孫超的奶奶。

她把全家趕走，說：「逃得愈遠愈好。」可是她自己卻留了下來。只憑一口氣，跟整個日本軍比強。

逃難的孫超和母親衝散了，母親炸死，父親也回了老家。開始自己流浪的那一年，他八歲。等勝利還鄉，他十六了，在徐州女師附小讀了二年半，又碰到第二次劫難，於是又開始第二次的飄徙，平生最拿得出手的資歷，大約就是流浪吧！

「絕不拿別人的東西！」

從小離家，但從來沒遭過人白眼，只因家裏規矩大，教得嚴，看到別人有好東西，規定先把手背到背後才准看，絕對不去碰一下。這簡單而徹底的訓練使孫超成爲一介不取的人，而且，日後藝術上也一空依傍，絕不撿現成的便宜，他永遠只取屬於自己的東西。

出來的時候是青年軍。連保送軍校也不肯去念，他只想純當兵，只想打最直接的仗。捨生不是難事，難的是二十年刻板嚴苛的軍旅生活適應。那些年最大的慰藉是讀書，讀極硬的書。

記得有一本羅光著的《中國哲學史》，訂價四十元，當年他的月薪十八元，他便去替人打毛衣（奇怪，一個大男人竟會織毛衣），三個月以後才存夠買書的錢。

有一年，歲暮，有位中學老師邀他到家裏去吃飯。他從清泉崗出發到臺中市赴宴。繞著主人的屋子走了幾圈，伸出的手幾度縮回，竟不敢按鈴，籬內的溫暖家居圖，不是這身二尺半可以撞進去的吧？嚴重的自尊心和自卑感交戰後，他終於爽約了。

回部隊的車子晚上才有，他竟不知該去哪裏。逛著逛著，他很自然的走進書店，老闆娘站近他，眼睛盯著他不放，她懷疑這年輕的大兵是來偷書的，她的疑慮不算太錯，他的確沒錢買書，但不是來偷書，他來看書——也許不是看書，只因店裏有光，書裏有知識的鬧門，而當晚他正無處可去。出身於有錢有勢有根柢的家庭，幾曾受過這種侮辱，他奪門而出。

去哪裏呢？無非是另一家書店。

第二家書店是客家人開的，他們暗暗的用自以爲別人聽不懂的客家話說：「那個兵，看樣子要偷書。」他驚怒欲絕，放回書，衝出店門，把自己投身在十二月的冷風裏。

總不能再到第三家書店去受凌辱吧？他踉蹌在華燈四射的小城裏。

忽然，他聽到歌聲，前面是一所教堂，門口站著一個外國牧師，紅潤的臉，親和的微笑，看到這年輕的兵，他恭恭敬敬的鞠了一個躬，伸手延客說：

「請進。」

他走了進去，詩班正唱著巴哈的彌撒曲，他忽然大慟，跪倒聖壇前，淚下如雨，再也站不起來。禮拜的人陸續離去，他仍跪在那裏哭，善解人意的牧師遠遠站著，等他哭，所有的人早走光了，但一腔的委屈和壓抑的淚卻是流不完的啊。牧師耐心地等著，他走的時候，牧師和他握手，說：「下回再來。」

曾經，在戰時，炸彈炸死前前後後的人，他卻幸運的撿回了自己的生命。而這一個聖誕夜，在一顆心幾乎被痛苦扼死之際，一個微笑一聲請進，使他及時重新覓得自己的心，這番驚險，其實也等於撿得一命啊！

「那一刹那，我只有一個感覺，我這才又是『人』了。我重新有了人的尊嚴，所謂人間的平等，大概只有向宗教世界裏才找得到吧？」他沒有再去教堂，但宗教的柔和寬敬在他的創作裏如泉源般一一湧現。

退役了，拿了七千元。

做什麼好呢？眞正想做的是念書，但錢不夠。他跑到三張犁養雞，透過「雞生蛋，蛋生雞」的原理，他希望爲自己籌得「三萬元教育基金」放在銀行裏，每月拿三百元利息省吃儉用，也就可以去念書了。

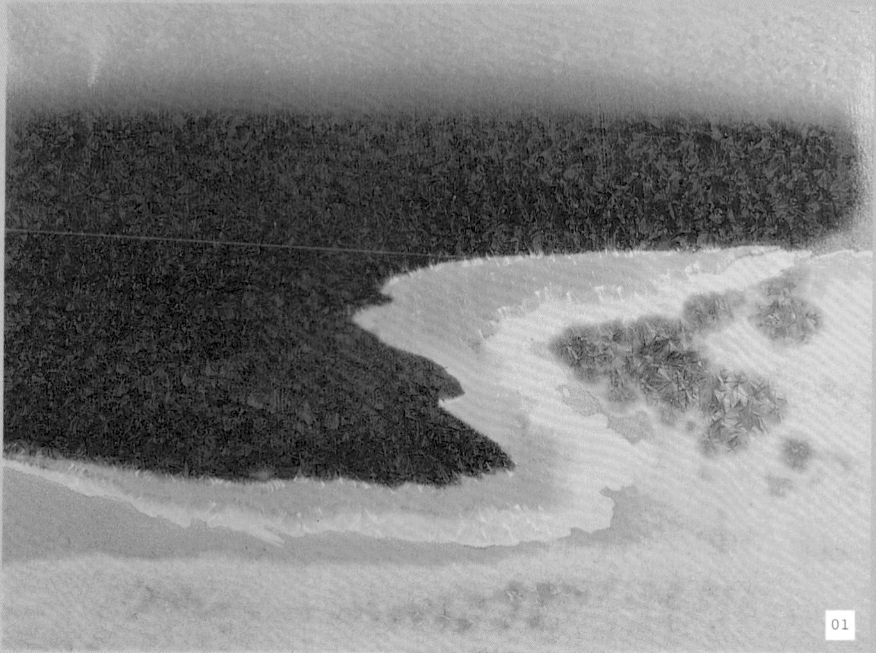

01

01　孫超結晶釉瓷板畫
　　——海灣之歌（72×52cm）

02　孫超結晶油瓶
　　——花串（H.37 W.27.5cm）

02

他忘了一件事，養雞可以賺錢卻也可以賠錢。他不幸屬於後者。

爲了投考藝專，僅讀過二年半書而沒有報考資格的他，只好製造假證件。他用肥皀，自己刻印，他這件罕見的罪行也被識破，主事人一眼看穿，是上天見憐吧，那人拿起筆來批了幾個字：「姑念該生，有志向學，准予報名。」他欣喜欲狂，捧著批示，心裏想：

「我不是違法的了，我現在是合法的了！」

大專聯考後不久，他到攤子上吃了碗陽春麵，然後，就眞正的一文不名了。

他去找趙老師。

「趙老師，我沒錢了……」

「沒錢，哈哈，」趙老師朗聲大笑，「沒錢，那算啥？」

天氣熱，他把席子鋪在地上，兩人一起躺著聊天：

「孫超，你說沒錢，我來問你，你賣過血沒有？」

「賣血？沒有。」

「哈哈，連血也沒賣過，那還不叫眞沒錢呢！」

趙老師爲他找了工讀的機會，但他眞正受益而不能忘的還是那不在乎的大笑：

「哈哈，沒錢？沒錢算個啥！」

果眞，那個當年離開麵攤後就一文不剩的退役兵便這樣活過來了。二十多年後，坐在淡水三芝鄉的小山頭上佔地百坪的房子裏和你說這番話，等於同時讓你看「預言」以及「預言的印證」。

在部隊的那段日子，他學了兩項絕活，其一是射擊，其二是針灸，兩者都是準確精密的藝術。這兩項本事也讓他獲益不少，作爲「神射手」，他的刻板的軍旅生活稍獲一些彈性特權，讓他有一點點餘裕來作「自己」。第二項本領讓他因而認識了後來的妻子。

孫超似乎是一個對準確精密著迷的人，在這世上的百行百業裏，如果有什麼是比陶藝家更適合他當的，那就是「聖賢」這一行了。兩者都是講究惟精惟一的事業。當兵的歲月，每到晚上，他靜心自省，怕自己有一念不純全，一事不安妥。迷上結晶釉以後，他守住窯門口，竟像聖賢守住一顆心似的慎重，雖然窯外有儀器表，窯內有探測錐，兩者都可以知道溫度，但都不是最精準的辦法，最精準的辦法還是靠目測。有一次，看得忘形，竟致瓦斯中毒，全身高燒到四十一度，上榮總躺了兩個禮拜。等身體好了，他依然時時刻刻去看窯，只是改良通風設備，並且加買了防毒面具和眼睛的防護鏡。

有一次和朋友聊天，無意間打聽另一位朋友的近況。

「他呀，他不成的，上帝不幫他的忙。」朋友是四川人，口才極好。

「爲什麼？」孫超一向實心眼，不知一個人爲什麼遭天遺棄。

「因爲他變來變去嘛——結果上帝也搞不清楚他要幹啥子！」

朋友說的只是一句笑話。他聽了，卻如受棒喝，一個人如不能本分務實，今天東明天西，連上帝也弄糊塗了，要幫也無從幫起！

他於是更專心的守住他的窯，以及心愛結晶釉。

第一次碰陶，是因工作的需要（在藝專讀書選的是雕塑，而陶藝只是美工科的專利），那時他在故宮博物院的科技室，和宋龍飛先生一起興致勃勃的去做黑陶、彩陶……買了許多書，累積了許多資料，對於陶瓷這種「窯門沒打開之前，完全不敢肯定」的刁鑽性格，他深深折服了。面對藝術加科學的雙重難題，他變得鬥志昂揚起來。生平喜歡困難的東西，像二十歲的時候，讀那本胡適的《古代哲學史》，便是一場硬戰。自己沒有基礎，沒有時間，更沒有老師，唯一的信念是反正中國字是認識的，人家寫都寫出來了，我難道看也看不懂嗎，於是把書塞在口袋裏，演習或訓練途上停車的時候就拿出來看，看不懂就查字典。一本書看了半年，總算生吞活剝嚥下去了，懂不懂不敢說，但至少以後看類似的書就不再覺得困難了。

醉心於尋根究柢，醉心於百分之百的投入，日子原來也就這樣過下去了，不料有一天忽然後山山崩，整個科技室都埋在土裏，他撥開水泥砸碎後的屋頂鋼筋爬出來，再次撿回了一條命。所有精心收藏的書，所有曾經繫戀的資料全埋掉了，三個助手也死了，還記得一位助手在裏面急急哀哀叫著：「孫先生啊！孫先生啊！快啊！……」

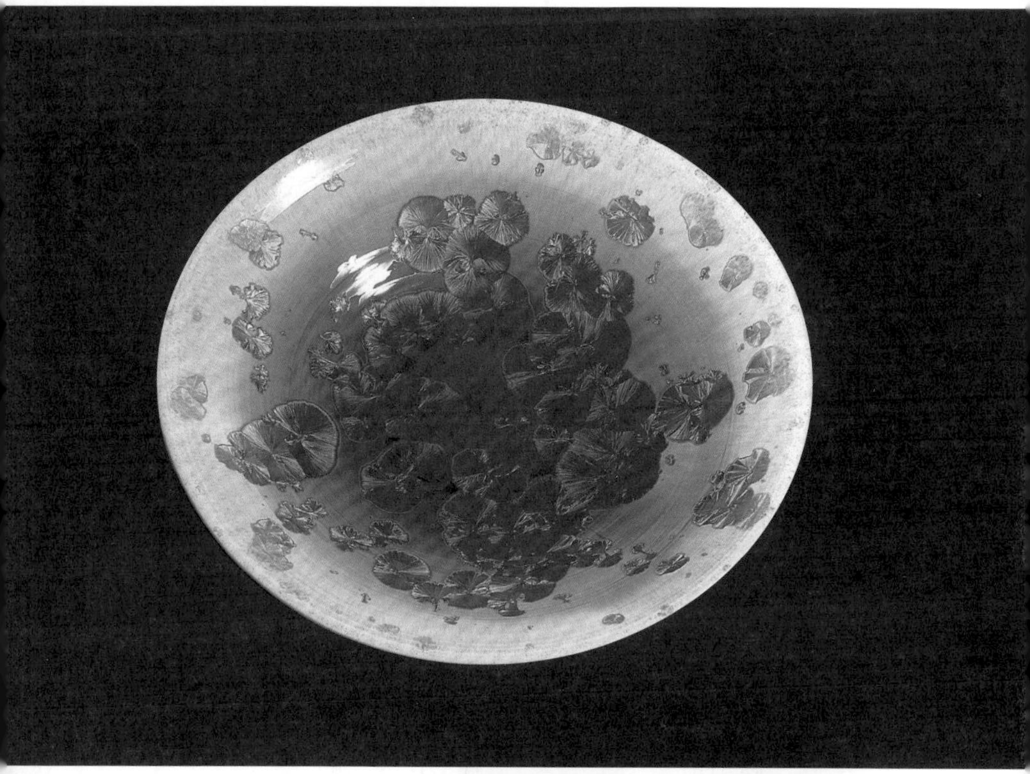

孫超結晶釉大皿

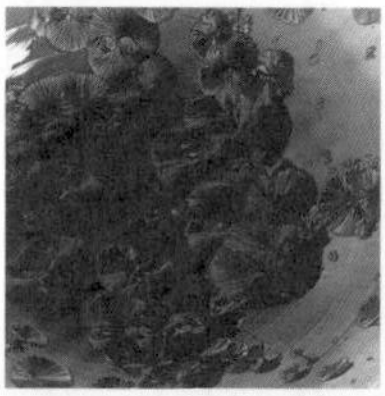

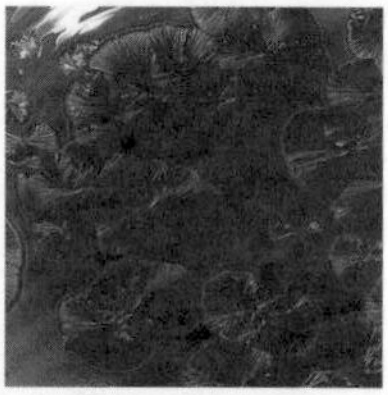

生命原來是如此脆弱，如此不堪一擊啊！經此一劫，他決心要作最無情的割捨，把其他都抛開，只專心致意弄一種結晶釉吧！

日本人有時把陶瓷藝術叫成「炎藝術」，讓人看了不免一驚。世上的藝術，有些眞的是要經千度的火來煆，萬分的情來煉，才能成形成器的啊！陶瓷藝術就是這一種，陶是奇怪的東西，既可以是小兒無心的玩捏，也可以是一生探之不盡、究之不窮的大學問。看來人也是大化或工或拙的捏塑吧？否則爲什麼人也是如此單純又如此複雜的個體？爲什麼人也是探針指測不明，形制規範不盡，釉彩淋漓不定的一種藝術？人本身也是一種成於水、成於火、且復受煎熬於火的成品吧？

藝術理論上有人頗以爲作品因個人的境遇而有悲喜，其實這話只說對了一半。莫里哀一生窮愁潦倒，最後死在舞臺上，卻是喜劇聖手。莫札特貧病交加，英年早逝，其樂章卻華美流暢，如天際朝霞，花谿春水，渾不知人間有憂愁。有的人是奇怪的戰士，受創愈重，流血愈多，他愈刻意掩藏愴痛，只讓你看、也只許你看他的微笑。孫超似乎也是這種人，看到他的結晶釉，清澈美麗，透明處是雪，豔異時似紫水晶原礦，令人想起雲母，想起冰河，想起菲薄匀整的細胞切片圖。我雖因性情所趨，一向比較偏好質木素樸之美，也不得不承認孫超所經營的精緻無瑕的藝術。這種精純唯美，幾乎可以解釋爲一種賭氣。命運，你要給我砂礫嗎？好，我就報之以珍珠。命運陷我於窯火嗎？我就偏偏生出火中蓮花。一隻陶皿，是大悲痛大磨難大創痕之餘的定慧。那些一度經火的器皿，此刻已涼如古玉，婉似霜花。經過火——但不要讓你看到煙燻火燎之氣，經過火——但只容別人看到沈靜收斂的光華。

我說到那裏了？是孫超的半生？還是他的火中取蓮的結晶釉？我自己也弄不分明了。

——原載民國七十五年一月七日《中國時報．人間副刊》

故事行

石雕於他既是創作也是生命，是勤勞操作一世之餘的「勞動」兼「休閒」。他隸屬於藝術，更屬於神話。

一、出發

眞是冠蓋雲集的場面！

這一天，是故宮六十週年院慶，計程車迂迴上山的時候，我看到戴著白帽的服務人員把一盤盤漂亮的餐點往綠草如茵的至善園絡繹送進去，眞是人世間的好景致啊！車在禮堂前停下來，我才注意到周圍全是黑黝發亮的轎車，坐計程車來眞是「草莽」極了，何況我當時手上還提著一袋三十磅重的行李，自己也不免覺得形容古怪。

「會一完我要趕去中部，只好帶著行李，可以寄放在你們這裏一下嗎？」接待小姐很客氣的答應了，其實她並沒有問我，是我自己心虛，所以囁囁嚅嚅的一直解釋。

終於準時進了會場，令人感動的不是那刻意佈置的空間，而是「時間」，是一切發生在時間裏的「故事」。六十年，一甲子，我們坐在這裏，彷彿被邀來看六十年一循環的歲月。想起從前莊嚴副院長自稱「老宮人」的語氣，想起他提起自己年輕時，大學剛畢業，有一天，奉命入宮點收文物，他一腳走進宮中之際也正是宣統遜帝站起來走出去之時，一隻吃了一半的蘋果還放在桌上，帝王的身影從此走出宮殿，四千年帝制到此草草了結。而我，此刻能坐在這裏，是因歷史上曾有人赴湯蹈火，將皇宮化爲我們可以出入的庭戶，將鐘鼎璞玉降爲平民可以玩味的產業——六十年了啊！

郭小莊穿著唐代舞俑的衣服，高領窄腰，在臺上作公孫大娘的劍器舞……所謂故宮，所謂四千年的帝王將相，一時俱成塵泥，留下來的是什麼？是先秦的玉？漢唐的鏡？是汝窯的瓷？是王羲之的快雪時晴？是八大石濤筆下的無限江山？……然而我卻急著要走，行李在入口處，我要離開那斑爛的青銅，溫潤的舊玉，以及那些軸那些卷，以及那些隔著玻璃也覺古黯生香的老刻本……我要去趕最後一班赴埔里的車，我要去埔里看林淵，林淵和他的石頭……

二、像牛羊一樣在草間放牧的石雕

夜晚睡的時候捨不得關攏窗簾，因爲山月——而早晨，微藍的天光也就由那縫隙傾入。我急著爬起來，樹底下正散佈著滿院子的林淵的石雕。其實，昨晚一到黃議員家就已經看到幾十件精品，放在客廳周圍，奇怪的是我一個個摸過去，總覺不對勁，那些來自河灘的石頭一旦規規矩矩在木架上放好，竟格格不入起來，像一個活蹦亂跳的鄉下小孩，偶爾進城坐在親戚家的錦褥上，不免縮手縮腳。而此刻，這像牛羊一樣在草間放牧的石雕卻一一都是活的。雖然暫時坐著，暫時凝神望遠，你卻知道，他們隨時都會站起身來，會走，會開口，如果是雞，便會去啄米，如果是猴，便會去爬樹……

石雕在樹下，一隻隻有了苔痕。

記得在聖彼得大教堂看米開朗基羅的逸品，像聖母哀慟像，驚愕歎服之餘，不免奇怪堅硬的石頭何以到了米氏手裏竟柔若白雲，虛若飄縠。米氏的石頭眞是馴化過的，但林淵不是這樣的，林淵的每一個石頭都仍然是石頭，碰人會疼，擦到會青腫，是不折不扣的莽莽大河上游沖下來的石頭。它更不是中國文人口裏那剔透單瘦造形醜陋有趣的石頭。它是安而拙，魯而直的，簡簡單單一大塊，而因爲簡單，所以鎚鑿能從容的加上去。

說起鎚鑿，有件事應該一提，那就是埔里街上有條打鐵街，那些鐵製的農具和日用工具掛滿一條街，這種景致也算是埔里一奇吧！

假如不是因爲有那條鐵器街，假如林淵不是因爲有個女婿剛好是打鐵的，假如不是這女婿爲他打了鎚鑿，不曉得林淵會不會動手雕石頭？

「林潤這人很特別，」黃議員說，「四十多年前，那時還是日據時期，他自己一個人做了部機器，可以把甘蔗榨成汁，榨成汁後他又把汁煮成糖。」

林淵到現在仍然愛弄機械，他自己動手做結實的旋椅，他也做了個球形的旋轉籠屋。坐在裏面把腳往中心軸一踼，就可以轉上好多圈——看來像是大型玩具，任何人坐進去都不免變成小孩。

站在樹叢中看衆石雕的感覺是安然不驚的。世上有些好，因爲突兀奇拔，令人驚豔，但林淵的好卻彷彿一個人閒坐時看看自己的手，手上的繭以及繭和繭之間的傷痕，只覺熟稔親和，親和到幾乎沒有感覺，只因爲是自身的一部分。但我和林淵的石雕間有什麼可以相熟相知的呢？是對整個石器時代的共同追憶吧？如果此刻走著走著，看到這些石人石牛石龜石猴幻成古代的守墓石獸，我大概也覺得理所當然吧？甚至如果它又變形爲石臼石杵石斧石鑿，我也不以爲奇，這樣悠悠蒼古的石頭是比女媧用以補天的「五色石」還要質樸遠古的吧？五色石已經懂得用華彩取悅文明了。而林淵的石頭是從河灘搬來的，渾沌未判，充滿種種可能性……

三、沿溪行

那天早上我們出發，沿著野馬溪，去找魚池鄉的「淵仔伯」。拐入坡道不久，忽然看到路側亂草堆裏冒出一隻隻石牛石羊，竟覺得那些作品像指路標一樣，正確的指出淵仔伯的地址。繼續再走不遠，一座巨型的「四海龍王」放在路邊，淵仔伯的家到了。這件作品大約一人高，圓大厚實，四方雕有四個不同的龍王，淵仔伯走了出來，硬瘦蒼挺，像他的石作，有其因歲月而形成的剛和柔。

走進他這幾年自己設計的新家，更嚇一跳，大門上和院子裏有許多易開罐拼成的飛機，有撿來的舊鐘，構成他獨特的「現代感」，舊輪胎的內外胎顯然也是他鍾愛的「塑

01

01 林淵石雕（梁正居攝）

02 林淵在家門口（梁正居攝）

03 林淵正在畫一張為自己宣傳的「看版」（梁正居攝）

材」，他用內外胎「搭了」許多景觀，慕容楞了楞說：

「我要叫學生來看——看一個人可以『大膽』到什麼程度。」

工作室的門口，有一塊原住民慣用的扁平石材，淵仔伯把它樹立在門口，像塊佈告板，上面寫著：

六十六年石刻

林淵

五子三女

福建省海定縣

無黨無派

自己思想

每個人走到這裏都不免一面讀一面著迷起來，這有趣的老人！其實以他的背景而言，由於識字不多，也非自己思想不可，好玩的是他借用政治上的「無黨無派」，然後再加上「自己思想」，顯得這「黨派」成了學派或畫派了。

「這是眞的豬，」他介紹自己的作品總是只談故事，彷彿故事才是重要的，而他的石雕，只不過是那些說給孫兒聽的故事的立體插圖罷了。

「你知道嗎，現在全世界每年殺的眞豬只不過三、四條而已，其他的都不是眞的豬，都是人變的豬，眞的豬就是這樣的。」

他說話的表情認眞而平淡，像在告訴你昨天母牛生了小牛一樣自然，不需要誇張，因爲自認爲是事實。

「這個是秦始皇的某（老婆）啦！秦始皇遇到仙，仙人給了他兩朵花，一朵全開，一朵還沒開，仙人說全開的給老母戴，未開的給某戴。秦始皇看那朵全開的漂亮，給老母戴了太可惜，還是給太太戴吧！誰知道那開全了的花剛戴上去雖然漂亮，可是一下子就謝掉了，一謝掉，人就開始變醜，愈來愈醜，愈來愈醜，後來醜得實在沒辦法，她自己都覺得羞，所以就逃到山裏去了——後來就生下猴子，猴子就是這樣來的。」

如果興致好，他會繼續告訴你故事發展下去的枝節，例如這隻猴子到村子裏去偷東西吃，結果被人設計燙紅了屁股，而秦始皇的媽媽因爲愈來愈漂亮，秦始皇想娶她爲妻，她說，不可以，除非你能遮住天上的太陽，秦始皇一急，便去造萬里長城，好在遮天蔽日的事還是做不到的。唉，原來極醜和極漂亮都有麻煩呢！

不但林淵自己，連他作品的收藏人，在收藏作品的同時，不免也同時收藏了故事，像黃議員便能一一指陳。

「林淵說，這故事是說，有個人，生了病，他說誰要能醫好他，他就把女兒嫁他。結果，有一隻猴子醫好了他，他只好守信用把女兒嫁給猴子，可是這事太丟人了，他丟不起

林淵雕石（梁正居攝）

臉，就把女兒和猴子放在船上，叫他們飄洋過海到遠方去結婚，他們後來也生了孩子，美國人就是這樣來的啦！」

奇怪，這故事聽來像高辛氏嫁狗的情節，（因爲牠戰陣有功）後來生子十二人，成爲蠻夷。

林淵有時候也以「成語」爲題材，例如他雕婚姻，一塊頑石的兩側各雕一男一女，男子眉目兇惡，女子五官平凡卑弱而認命，頸下卻有塊大癭瘤，林淵想刻的是臺語說的：「項頸生瘤，婦人家嫁了壞尪（丈夫）——都是碰上了。」碰的原文是ㄉㄨˋ，一音雙關，指「碰」上，也指「阻」住。

但我看那石雕，卻不免驚動，彷彿覺得那女人的腫瘤是一項突顯明白的指控，她用沈默失調的肉體在反駁一樁不幸的婚姻。

「這又是什麼故事呢？」

「這就是說，很早很早那時候，有人想要來蓋一座樓，想要一直蓋到天上去，可是有一天早上，他們一醒，忽然一個說一款話，誰也聽不懂誰的，只好大家散散去。」

我大吃一驚，這故事簡直是《聖經》中巴別塔的故事啊！

「這故事那裏來的？」如果查得出來，簡直要牽出一篇中西交通史。

「書上寫的呀！」

「什麼書？」我更緊張了。

「就是古早古早的書，都寫得明明，後來呢，又下了雨，一連下四十天，一天也不停，四十天哩，後來就做大水啦，這些人，就躲在船上……」

我們這才知道那件作品刻的是一列人頭，站在船舷邊上。但這故事分明是《聖經》中的方舟故事，難道我們民間也有這種傳說嗎？

「阿伯，你這故事那裏聽來的？」治平畢竟是教社會學的，問起話來比我有頭緒。

「收音機裏啊！」他答得坦然。

我鬆了一口氣，起先還以爲出現了一條天大的屬於「神話比較學」的資料呢！原來淵仔伯不很「純鄉土」，他不知不覺中竟刻了希伯來人的文學。

淵仔伯其實也有簡單的不含故事的作品。只是即使簡單，他也總有一兩句說明：

「這是虎豹母，從前這山上有老虎下來咬人哩，老虎本來就惡，生了孩子，怕人害他的孩子就更惡了！」

「這是公雞打母雞。」

另外一座用鐵皮焊成的人體，他在肚子上反扣一口炒菜鍋，題目竟是「樊梨花懷孕」，眞是有趣的組合。

林淵不怕重複自己，因此不會像某些現代藝術家天天爲「突破自己」而造作，林淵不怕翻來覆去的重新雕牛、羊、豬、雞、鳥、蛇、龜、蟲、魚和人。他的作品堆在家門口，堆在工作室，放在大路邊，養在草叢裏。走過他家圍牆，牆上的石頭有些也是雕過的，踏上他家臺階，階石也是雕像，石雕於他既是創作也是生命，是勤勞操作一世之餘的「勞動」兼「休閒」。他隸屬於藝術，更屬於神話。

那天晚上我們回到學生家的別墅，躺在後院魚池邊看星月，有一株迷糊的杏花不知怎的竟在秋風裏開了花。這安詳的小鎮，這以美酒和櫻花聞名的小鎮，這學生的外公曾在山溪野水中養出虹鱒魚的小鎮，這容得下原住民和平地人共生的小鎮，這如今收穫了石雕者林淵、攝影人梁正居、能識拔藝人的議員黃炳松的小鎮，多富饒的小鎮啊！

我覺得自己竟像那株杏花，有一種急欲探首來了解這番世象的衝動，想探探這片慈和豐沛的大地，想聽聽這塊土地上的故事。

——原載民國七十四年十二月二十九日《聯合報．聯合副刊》

天門——記旅法畫家朱德群先生

他會日復一日的繼續畫下去——
天也許無門，但繪畫的手是一雙肉質的鑿子，可以鑿破一線天機。

一、樟木箱裏的硃砂仍在紅著

是三伏暑天，白土鎮的太陽直嘩嘩的照下來，大院子裏陸續搬出來好多好多隻大樟木箱子。箱子扎實芬芳而巨大，在陽光下有一種千年不變的悠悠強勢，簡直像一列森嚴的城寨子一般堅固威猛。

男孩有七八歲了，濃眉大眼隆準，嘴唇習慣性的緊閉著，有一種和他年齡不相稱的自恃自重的神氣。屋子裏散發著長年以來隱約的草藥香，箱子裏則傳來淡淡的樟腦味，男孩渾然不覺，入定似的站在陽光下，陽光把一切曬成空無狀態，四下有一種奇怪的寧靜，男孩有幾分緊張，箱子就要打開了——

眞打開了！每年這種時節，做醫生的父親，都要曬曬箱子裏的寶貝，小男孩瞪著眼睛看，只見一會是查士標的山水，一會是仇十洲的人物，一會是董其昌的對聯，一會是深深黯黯的絹畫。絹畫畫的是什麼，小男孩也不甚了然，但那凝重如華北平原泥土的絹色卻令小男孩迷惑，古絹的顏色，其實就是歲月的顏色啊！那幅畫其實是作者和歲月一起畫出來的，小男孩當然說不清楚，但曬畫的日子總是興奮的，他不知道那是他最初接觸的畫展，年年七月，鋪陳在烈陽下的中國歷代畫家的回顧展。

其實印象最深的也許不是那些偉大的名字，而是樟木箱的大蓋子乍然掀開時，從閉鎖的沈暗中忽然奪箱而出的石綠和硃砂的顏色，那樣鮮豔跳脫，男孩迷惑了，幾百年前的畫怎麼好像今天上午才剛剛著好色似的？

二、畫門神的張師傅

張師傅住在對街，微微有些瘸腿，年紀有五、六十歲了。

男孩站在店門口，看張師傅拿起一枝毛筆，在紙上畫了起來，男孩的父親也畫，但他隱約知道這張師傅的畫法和父親不同。張師傅正在畫一幅門神，是剛才一家人家來訂的，牆上還懸著一張財神畫，也是村人訂的。牆角則堆些白紙紮成的房子車馬，是喪家要用來燒給死人的。張師傅畫畫的時候，凝定專注，有一份不自覺的莊嚴，幾乎令人忘記他是個瘸子了。

張師傅窄逼而昏暗的小店面裏有一種神祕不可解的氣氛，他是一個那樣卑微不起眼的角色，卻能把生前和死後的福氣隨手許給眾人。他把平安給了那些來訂門神畫的，讓厲鬼邪魔不敢入侵。他把富裕的希望給了那些求財神畫的、他把豐盛的衣食住行給了那些隻身前赴黃泉的，讓他們無虞匱乏。一個卑微的張師傅，如何在一揮毫之際橫跨在可知與不可知的世界之間，把人間和陰間的好處慷慨的一一散給衆人？

男孩的眼睛大而黑，看起東西來有一種專精不二欲搏欲攫的表情，像白土鎮上盤桓於松林之上的青鷹。

三、你不知道下一秒鐘會發生什麼！

他漸漸感覺到自己的成長，感覺到自己體內用不完的瀰瀰精力，整個身體像通了電的導體，急於發動。他迷上了球，迷上了運動，而最迷人的卻是在運動的時候自己的身體充滿彈性，每一個別人的身體也充滿彈性，每個球員自己本身就像一觸即發的球類，全場每個人都要對場子上別人的動作立即反應，球場因此成爲不可預期的地方，每一秒鐘都有情況，每一個動作都可能讓形勢逆轉……

「我本來想去考體專的，」五十年後，他回憶往事淡淡的笑了，「可惜家裏不准，所以就去考藝專——」

一張畫和一場球賽對他來說其實是一個東西，兩者都充滿無限的可能，你都不知道下一秒鐘情況會轉成什麼！運動和繪畫最迷人的地方皆在於此。

除了學校的體育，他最不能忘懷的是獵兔。每到冬天，絕早起牀，長輩帶著馴好的鷹，到朱家的大陵墓上去。陵墓深達十幾公里，枯黃的土石坡上，孩子們各拿一根竹竿，每隔一百公尺站一個，一聲令下，只消拿竹竿在地上橫向一撥，黃褐色的野兔便從石縫裏竄逃出來，青鷹立刻一攫成擒。青鷹俯衝的角度準確無比，牠慣於先用拇指往兔子尾部一插，等兔子驚痛回首，再用其他三指兜住兔胸，便把整隻尺把長的野兔握在掌裏提飛而起了。

一個冬天總要捉二三百隻兔子，少年一遍遍的看，仍覺不可思議，他隱約知道那樣在一秒鐘之間發生且完成的精準手法，那樣從高天俯衝然後騰空的生動軌跡和日後自己要做的事是有些關聯的。至於那冬日的枯原，原上的青鷹，鷹爪上一攫成擒的野兔，許多年來已成為心中一種熟悉的律動——創作從靈思一現到靈思成擒，不也是這樣的嗎？

四、借來的名字

村子周圍是河，河邊長滿二人才能合抱的大柳樹，春來千絲萬緒，日復一日更綠脹起來，男孩已成長為少年。他愛自己到一個地方去玩，那地方叫天門寺。

一般寺廟都建在山上，這座寺很特別，建在谷底，反而四山如插，垂手拱立。天門寺離家只有七里路，少年放了假便自己跑來。灰牆儼然，巨大的松樹在半天空裏舉起一片小綠原，僧人從長廊行過，悄然無息，如同風聲、鐘聲或松濤，一一都成為梵唱的一部分。

四十年後，在巴黎，在畫完水墨或寫完字的時候，他落下「天門居士」的名字。想起故鄉徐州，他總想起那些山，枯索的、多石多稜角的山，像鄉人方楞的脾性。

那大寺為什麼叫天門呢？那少年後來不曾有任何宗教信仰，對他而言，大自然就是那

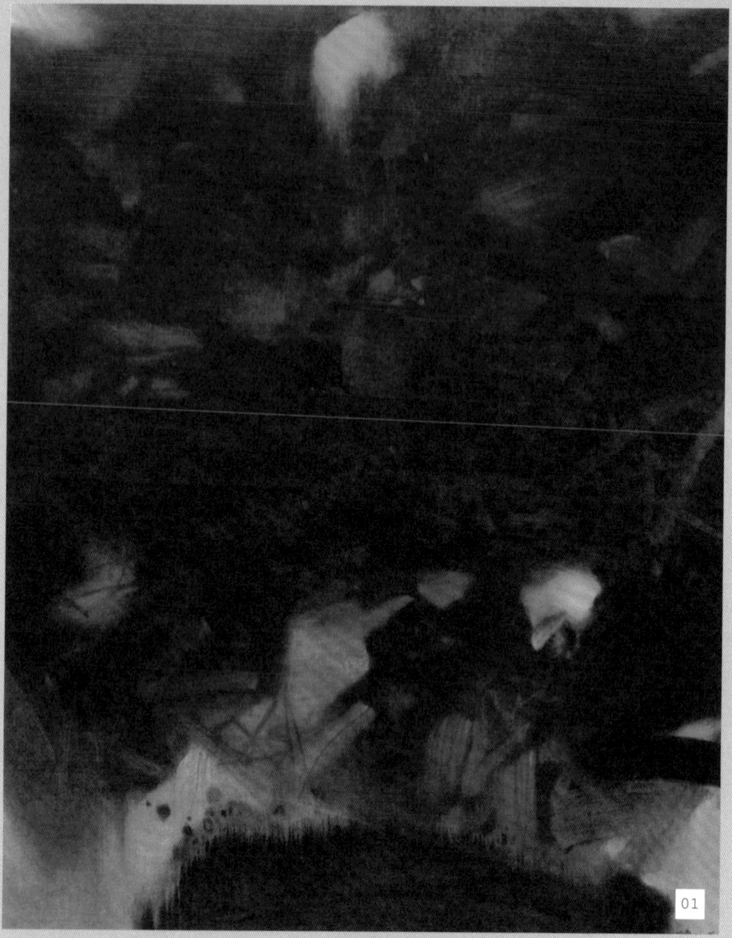
01

01 朱德群　油畫
開端之二 162×130cm　1989

02 朱德群　油畫
靜 162×130cm　1987

扇天門，由人而天的門。

那些山後來沒想到成了哥哥打游擊的屏障，爲了峻拒日本人，哥哥帶著游擊隊藏在山裏，日本人不明就裏，撞了進去，不料層巒疊嶂，處處都是死亡關卡。日本人吃了虧，後來就用轟炸來報復，他們家也就在轟炸中灰飛煙滅，包括那一大箱一大箱的收藏，那在三伏天的陽光下，比正午的日照更燦爛的記憶。

少年自己的名字叫朱德翠，他有個堂哥名叫朱德群，但世事難料，後來少年和堂哥竟用了同一個名字。事情是由於十五歲那年，初中畢業，來不及等畢業證書到手，立刻直奔杭州，打算和朋友會合，再學點素描，好能去考嚮往已久的杭州藝專。當時拿了堂哥的畢業證書去考，也讓他考中了，等他去找老師說明眞相，想改回本名的時候，學籍已經報上去了。他只好將錯就錯，一生一世和堂哥共用一個名字。他沒有想到這個名字後來會成爲播揚畫壇的一個名字——如果說他比一般人更不在乎名氣應該是可信的，反正「朱德群」於他只是借來的番號。讓別人去記那個可有可無的名字，他要做的事很簡單，他要好好監督自己，他要自己更豐富，他希望這個「自己」能畫出更好的畫來。至於這個「自己」叫朱德群或朱德翠又有什麼相干呢？

連「天門居士」也是借來的名字，這名字是和寺同名，和寺一同立在神人之間的代號。

五、反正有手在

進了杭州藝專，他忽然狠下心放棄了打球。

「不行，人只能選一樣，打完了球畫畫，連手指都是抖的。」

必須有大割捨吧！想要有所攫取的人怎能不有所拋散。雖然只是一雙手，但這雙手卻不可不小心持護。

當時的軍訓教育是在前三個月裏把來自各校的人集中來上的。在十一個人的班裏，他因爲長得高，是排頭，另外有個小個子，叫吳冠中，是排尾。他每次做完徒手動作跑到排尾站好，就剛好和小個子的吳冠中站在一起，兩個人之間因而產生了一段友誼。如果沒有碰到朱德群，吳冠中大約會讀他那愈來愈覺無趣的電機，但由於這個狂熱的朋友，他也練起畫來了，特別是素描和水彩部分。從四月一日到六月三十日，軍訓集訓結束，「畫訓」也完成。那個暑假朱德群乾脆沒有回家，陪著這個朋友待他考取藝專，這人至今也是中國大陸上有名的畫家了。

「如果現在有一個年輕人，如果現在他是你的學生，你會給他什麼勸告呢？」六十歲以後，有人這樣問他。

「素描，素描的底子最重要！而且水墨和西畫要並重——因爲到後來這兩樣其實是一樣東西，還有，就是他不能有名利心，人一有名利心，就難有大發展了。」

01　朱德群　油畫　深刻共鳴之四
135×195cm　1987

02　朱德群　油畫　深刻共鳴之四
100×81cm　1987

02

「你自己還有沒有保留早期的素描？」

「沒有，民國四十四年去法國以前的畫一張也沒有了，我念書時期的畫都放在老家，日本人一轟炸，二三進的大房子全部片瓦不留了。後來我畢業做助教，在重慶留了一批畫，還都的時候一張也沒帶。離開中國大陸來台灣也沒帶畫——當時也不覺得可惜，反正有手在，丟了畫算什麼？民國四十四年在中山堂開畫展，賣了畫就做去巴黎的旅費，這次回來想找我賣出去的畫，可惜一張也沒找著——」

找不到早期的畫雖然不無遺憾，但人到巴黎之後，已有三十年了，每年要畫出五、六十幅，至今也有一千五百幅以上了，有手在，總不怕沒有畫吧？

六、也該從形裏解脫出來了！

「在法國，你怎麼開始畫抽象畫的？」

「其實，」他的妻子替他回答，「剛到巴黎的時候，因爲參加兩次春季沙龍，臨時畫了屬於具象的二幅人像去，也都得了獎哩！」

「我當時畫具象也畫了二十多年，覺得也該讓自己從形裏解脫出來才對，我希望能畫一種更自由更奔放更離譜的東西。我喜歡抽象，是因爲它讓看畫的人有更多善用自己想像力的權利——其實抽象和具象並無好壞之別，抽象畫有好畫也有壞畫，具象也是，畫抽象畫具象畫純粹是畫家個人性向問題。」

「一個人，到滿街都是畫家的地方打天下，開頭的時候，日子會不會很苦？」

「是啊，」朱太太說，「緊的時候就只能吃麵包——其實那時候我們還是有錢的——但畫廊沒有給我們，我們就拉不下臉來去要，外國朋友聽了都笑我們傻，該要的錢，有什麼不好意思的，但我們中國人就是臉皮薄——而且又替畫廊想，怕畫廊不好意思呢！」

「當時你初到巴黎，有沒有特別受到某個畫家的影響？」

「有，有位叫尼歌爾斯塔（Nicola de STAËL）的畫家，他是沙皇時代的人，後來在比利時的皇家藝術學院學畫。他初到巴黎窮愁潦倒，後來又忽然大出風頭；給人捧上天，忽冷忽熱之間大概失去了適應力，四十多歲的人，就這樣自殺了。我當時到巴黎不久，他的回顧展在國立現代博物館展出。不得了，一百四五十幅畫，一起拿出來，那時是秋天，十一月前後，我到博物館去看，驚奇一個人怎麼可以畫到如此奔放不羈，我選擇抽象畫絕對和這人有關係。」

「能夠剛去就被畫廊看上應該算是幸運的吧？」

「對，的確很幸運，尤其當時的我除了會畫畫以外，什麼都不懂，說來好笑，當時我在巴黎碰到學音樂的許常惠，兩人住在同一個旅舍。許常惠說要帶個日本朋友來看我的畫，我又不懂日文，那日本人看了以後，透過許常惠比手劃腳強調我一定要有個經紀人。有一次，我拿畫到畫廊去，經過幾次來往，他們對我很欣賞；但那時是夏天，巴黎人一到夏天便要去度假——忽然有一天，星期天早上，我還沒起床，就有人來叩門，說要完全經營我的畫，說要跟我訂合同——我當時楞住了，我連什麼叫合同都不知道，所以趕快去請教朋友什麼叫合同，可不可以訂？朋友笑了，說合同嘛，就像結婚，訂是可以訂的，只是要小心有沒有不利於你的條文，後來我跟這畫廊合同一訂就是六年。」

七、傳統的包袱有什麼不好？是你自己提不動罷了！

「有沒有西方畫評家，會把你們歸類成東方畫家？『東方的』或者『中國的』，會不會變成了你的設限？」

「一般來說，是有這種傾向。西方畫評家，碰到東方畫家，習慣的要說上幾句：『他表現了中國的、韓國的或者日本的趣味』什麼的……」

「你呢？會不會受這種說法的影響，弄得自己必須去『中國』一點，這件事會不會影響你的創作？」

「不會，我從來沒有要刻意表達什麼中國，我知道『中國』自然會從我筆端出來的——其實以前在國內我倒是很西化的一個人，沒想到人到國外反而跟傳統認同了。像西方畫家，他們畫風景，一向只算人物的背景罷了——但是中國畫，像范寬的谿山行旅，像李唐的萬壑松風，你去看他們的畫，一塊塊石頭都畫得跟鐵一樣重，他們不僅僅在畫自然，也畫人跟自然的關係。你看他們的畫，你就知道他們跟自然有關係，你就知道他們畫出來的是他們體會出來的東西，中國山水的藝術性，顯然比西畫要高出許多。西方人對大自然有其客觀的分析——但中國人對山水對月光卻是善感的……」

「你自己爲什麼要選擇油畫呢?」

「因爲油畫有最大的可能性,像表現光,表現色,都可以沒有阻礙。油畫像大交響樂團,有最大的包容性。」

「有的畫家,很急於擺脫傳統,你呢?」

「這眞是笑話,傳統有什麼不好?爲什麼要排斥?有人罵『傳統的包袱』,我說,這『傳統的包袱』是你沒那個力氣,提不起來罷了!要是提得起來,可夠你用的了。」

八、如果再年輕一次

「如果你自己能再年輕一次,你會怎麼樣選擇?你會怎樣要求自己?」

「我?」他毫不猶疑的衝口而出:「我要多讀中國文學,畫家畫到最後,需要的就是這個——」

在巴黎城東,在城裏和城外交界處,朱德群的畫室高踞在十九層的頂樓(這棟大樓屬於政府,下層作其他用途,頂樓則廉價——約合臺幣近萬元——租給職業畫家,在他們居住的那一區裏這類畫室共有六個,法國政府對巴黎這「藝術之都」的美名,是花了些精神和金錢維護的),整排的落地窗外,碗大的玫瑰正盛放,全個巴黎盡收眼底。畫室約十坪大,古典音樂和陽光一起流漾生輝——在這間屋子裏,他翻得最勤的兩套書是《全唐詩》

和《全宋詞》。他也寫字，也畫水墨，每當此時，他會想起父親，那逼他寫顏字寫隸書的父親。但私底下，他卻偷偷寫行雲流水般的王字，在巴黎的十九層樓上，他仍是天門居士，仍是那個在古城城郊天門寺裏玩耍的孩子。

畫室下的十八樓是住家，長子以華，次子以峰，都在這個城市長大。叫以華，是要他們不忘中國；叫以峰，則希望孩子登峰造極，——他對孩子的期望其實剛好也是他自己三十年來的成就，他在油畫世界裏建樹了中國這個國度，他攀登了一座座艱難的險峰。

九、向前走，並且不停的思索

通常早晨從九點到十二點，下午從一點到五點，夏天天亮得早黑得晚，就開始得更早，結束得更晚。（巴黎的夏日，有時到十點鐘天還亮著。）平均算來，每天可以畫到十個小時，這樣年復一年，日復一日，除非離開巴黎，他沒有一天休假，工作比勞工還要辛苦。

「不能多睡！時間不夠用，經不起浪費啊！」他喃喃自語，像一個時間方面的守財奴。從某些方面看，他仍像華北大平原上勞苦的農民，口裏唱著「拴住太陽好幹活」的那不甘心的跟時間競走的漢子。

「怎麼能到巴黎郊外租間房子畫畫就好了！租間房子來放大畫，我一口氣把想畫的大畫都畫出來放好，畫它一百張存在那裏，要是死了，就死了好了！」

明晦凝膚的朱太太坐在一旁，小聲的嘀咕了一句，對他開口閉口說死很不以爲然。畫家每是不顧死活欲洩天機的孩子，女子則常是有效的制衡，把他們拉回生命質樸的本象上來。

「以後的路，你會怎麼走？」

「向前走，並且不停的思索。」他說：「技巧不算什麼，技巧是一個人想出來表現他思想的，是自然流露出來的，要緊的是一直走，走到更深更遠的地方去。」

可以想見的是，在巴黎的東城，在樓高十九層的絕頂，在可以縱覽陽光和遠景的畫室裏，在唐詩宋詞餘芳的薰陶裏，在對王羲之范寬和李唐的思念裏，在對於無形之形無象之象的「執迷且悟」的心情裏，他會日復一日的繼續畫下去——天也許無門，但繪畫的手是一雙肉質的鑿子，可以鑿破一線天機。

——原載民國七十七年一月《聯合文學》

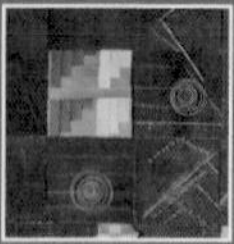

仗美執言

色與色相授，神與形相接。她在不能自持的情況下，一步步陷入困惑和奮揚，作品在夢中湧現，在冥思中成長，復在靜定中一針一縷的完成。

我想，開始的時候，她自己也不知道後來會走得這樣遠。

就像嫘祖，偶然走到樹下，偶然看見閃閃發光的繭，聽到微風撥劃萬葉的聲音，她驚奇的伸手摘下那枚潔白如雪凝鍊如蕾的橢圓形，然後拉開它，伸展它，才發現那是一縷長得說也說不完的故事。她並不知道自己已經扯出了一種叫「絲」的東西，她更不知道整個族人將因而產生一部絲的文化，並且因而會踏出一條繞過半個地球的「絲路」——她只知道那是棵碧綠的好桑樹，長在一個溫暖柔和的好春天。樹上有一枚銀銀亮亮包容無限的繭，她那裏知道那樣輕柔細微的一纖，竟能堅韌得足以綰住一部歷史。

●

又如另個不知名的先民，在一個露水猶濕的清晨來到黃河邊。聽見水鳥婉囀和鳴，一時興起，便跟著學叫一聲：

「關——關——」

水鳥傻傻的應了一聲，他頑皮的再學一聲。忽然，他發現那以「ㄢ」收尾的關字是多麼圓柔婉豔。

「關關。」他說。

「關關雎鳩。」他說，忽然，他知道那是一個好句子。

「關關雎鳩，」他繼續念，而水鳥在沙洲上，沙洲在河上，並且由於春草萋萋，看來輕而膨鬆，彷彿隨時都會順流飄走。

唉，這樣簡單，一條河，一個春天，河上一夜之間綠透的半實半虛的沙洲，洲上半隱半現的水鳥，以及一個看見這一切的，又歡喜又悲切的自己。他覺得有話衝到嘴邊，就照直說了出來：

「關關雎鳩——在河之洲。」

他並不知道那就是詩，他只想把春天早晨聽到看到的說出來罷了。然而，他卻吟出了一首詩，從一條河開始。

●

初識碧華，只知她是詩人羅青的妻子。而「詩人的妻子」這一職分，恐怕已經是負累頗重的名銜了。我一時也沒注意她本人。後來在七十一年我為泰北難民籌款，辦了「作家小手藝義賣」，她拿出一些精緻的刺繡首飾，才眞正把大家嚇了一跳。七十五年她又在臺灣民藝文物之家展出一次，作品更見豐美繁富，最近她把心得和作品結成集子，一頁頁掀開，只覺是一幅幅有插圖的詩集——或者說，有說明的畫冊。歆羡之餘，很願意為她「仗美執言」。

碧華和絲線的因緣其實也很偶然。那年，她母親出國，留一盒絲線給她，那大概是她第一次驚豔吧？中國人的色彩表現最早的可見於彩陶，至於文字方面的記載，則見於《尚書》：「以五采彰於五色，作服汝明。」可見早期的色彩是和絲線連在一起的（雖然並不因而不和別的連在一起）。彩色絲線的絢麗豔澤足以用來調劑單色的布，進而可以區別官階軍種，算得上是源遠流長了。碧華愛上的那盒絲線，溯其源竟可以上接五千年前中國人對蠶絲愛悅流盼的目光。

碧華拿起針來，描摹之際，竟不知不覺便做出類似香包的小手藝，香包其實正是往古時代農業社會初夏時日的好心情。新嫁的女子，在第二年端午節，照例要做些香包分送族人，特別是小孩子，往往可以像「佩六國相印」般帶著嬸嬸、嫂嫂、姊姊等人的不同香包。名為辟邪，其間自有手藝高下巧拙的比較，而新嫁娘的手藝一向是大家爭看的焦點。碧華初試手藝時，心情或者亦如新嫁娘吧？分給大家圍觀傳閱的時候，心情亦不過是節慶期間的一團喜氣吧？

但縫著縫著，一針一線之餘，她竟縫出自成一格的刺繡首飾來了。世上的首飾雖然有金有銀有銅有錫有珠有玉有各種鑽石寶石且有玻璃、陶瓷、種子、木頭、骨頭、牙齒……

但要找一條精緻的刺繡首飾卻必須到碧華的工作間去——這件事，開頭的時候，我敢說，碧華自己是一點也不知道的。她只是覺得絲線鮮活美麗，她只是知道把兩根絲線放在一起會比一條更鮮活美麗，線線相疊，不意就這樣竟撞出一番乾坤來了。

我看碧華作品的心情，也如端節小兒伸手討新嫁娘的香包，掛在身上，無限喜悅——為那一手生香活色的好針線，為村社間的好年成好節景好興致，為玩著玩著不知不覺開了宗創了業的瀟灑。

細賞碧華作品，或仿戰國玉器，瑩潤溫婉。或擬印度色彩，幽豔玄祕。或作螭蛟騰雲或成花團錦繡。其心思之緻密，品味之醇雅，用色用針之能宏肆能守成，都令人驚喜錯愕不已。

如果碧華一開始就立好計畫，打出旗號，擬定十年工作進度表，要把自己造成一位「現代化刺繡首飾製作人」當然也沒有什麼不好。但我更喜歡她目前的程序，是不知不識間拈起一根屬於母親的絲線——然後再拈起另一根。色與色相授，神與形相接。她在不能自持的情況下，一步步陷入困惑和奮揚，作品在夢中湧現，在冥思中成長，復在靜定中一針一縷的完成。

我為碧華喜，但更為可以產生碧華的社會喜，為藝術上英雄四起開疆拓土的鷹揚時代喜，為傳統可楔入現代喜，更為自己可以看到好東西的權利竊喜。

——原載民國七十六年九月二十六日《中央日報・中央副刊》

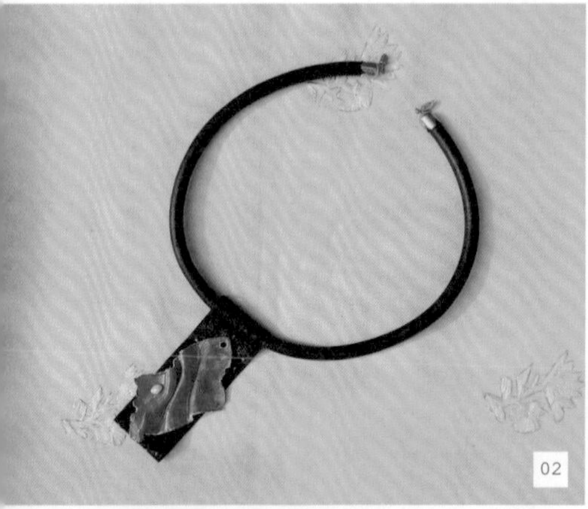

1　粘碧華　印度之蓮

2　粘碧華　一片彩霞

3　粘碧華　霓虹之浪——浪花系列之三

我彷彿看見

太長的路，太繁複的任務，秀治，我彷彿看見你的掙扎。
然而，我是放心的，因爲彷彿看到你慣有的、篤定的笑容。

一

秀治啊！

上天怎會生成一個像你這樣的女子。這樣一個錦心繡腸的女子。

你的繡件掛在故宮的展覽場裏，這個一向展出宮中舊玩的地方，忽然把現代人的刺繡、雕刻、陶藝一起推出，不免令人訝異。仔細想想，倒也沒錯，從前的藝人侍奉皇帝，現在皇帝沒有了，藝術家爲我們市井小民提供可觸可見的美感，這是一個不再有堯舜，卻人人可以爲堯舜的時代。

你的刺繡和別人的作品使展覽場莊穆凝肅，如同牲禮使殿堂神聖。在這樣好的時間、這樣好的地點，有這樣好的人和事相遇。

二

而刺繡是何年何月開始的藝術？我彷彿看見，在嫘祖抽絲的腕底，在石針穿孔的慧心，在遠古遠古的年代，中國人已開始用千絲萬縷來刺繡了吧？

而你，秀治，刺繡的女子，我彷佛看見，你沿著時間的軌跡行來，你是歷代中國女子巧手的新傳人，一根長長的繡線自古至今牽扯不斷之際，你的針卻已扎向現代。

「繡這樣一幅畫！」我問得極外行，「要幾針啊？」

「沒算過，但幾十萬針總有的。」

秀治啊！這樣的出發豈不也是天涯行腳，我彷佛看見，一針一針，針針都是險境，針針都是犯難。你這樣千山萬水行來，其間有多少跋涉，我們又怎能知道，我們只見你心閒氣定低頭撫箏，那裏知道你所行經的窮山惡水。

三

有一年，我們組團去北美和歐洲，不是爲了觀光，是爲了讓別人看見斷交後的中華民國國民尊嚴的形象，於是有人帶著吉他，有人帶著巴松，有人帶著劇本，有人帶著美好的肉嗓，而秀治，你最累，你帶著你的二十幅刺繡。

「她不是楊秀治嗎？爲什麼身分證上是陳秀治？」負責辦手續的女孩來問我。

「她曾經是養女，楊是她的本姓。」

我簡單的回答，卻知道那是一段長長的不簡單的歷程。我彷佛看見當年幼小的你才剛滿月，便被大人抱著，走過曲折的巷陌，跨過田間的溝渠，送到別人的家去，去做別人的

01

01 02 楊秀治 刺繡

女兒。養女風俗也許眞的不好，但因你的人好，也因養母人好，整個故事仍然是一則愛的故事。那些年，我不知道你曾經經歷些什麼，但我知道，我們一起作息的那兩個月裏，整個團裏最早起來的是你，最晚睡去的是你。進入會場，你總第一個著手佈置，離開會場，你必然是收拾善後到最後一秒鐘的人。有委屈，也見你微笑，有病痛，也只見你隱忍，一個人，竟可以好成這樣子，眞令人驚奇。用強力去壓石頭，只能得到一堆碎石，但壓一枚甜橙，卻汩汩然流出豐盈的汁液。秀治，我不知道你如何學會寬柔含忍和勤奮自重，我卻彷彿看見一粒橙核如何鑽出地面，如何成樹開花結實，並且從傷痕中傾出甜美的果汁。

四

在舊金山的展覽會場，有一個男子走過來，坐下，望著你。

「奇怪，我好像在那裏看過你，怎麼那麼眼熟？」

「我也覺得你好熟，你在臺灣住那裏？」你說。

「豐原。」

「我也住過豐原。」

關係算出來了，那男子的外家和你母親的娘家有些關聯。

我多麼羨慕你！至親骨肉，人人都有，但要有遠親，卻必須在一個地方住上一百年才行。奇怪，秀治，我以前想起你的刺繡，常常覺得是上帝給你的特別秉賦，又覺得是你在不自覺之際吸取了中國的文化——但那一天，我看到你巧遇鄉親，才忽然發覺你也屬於村野小鎮，屬於泥土田畦。我彷彿看到你移到繡畫上的是籬間的牽牛，屋角的野菊，是群山的橫翠，是晨霧的佈陣。秀治啊！原來你來自故國的神髓，也來自眼前親和的大地的肌膚。

五

初中二年級，養母把你送還生母。你不敢向養著八個孩子的母親要錢讀書，於是，初二，就是你的最高學歷了。

然後歲月便和一架縫紉機聯在一起。用它替人縫嫁粧，用它為學生繡學號。我彷彿看見，日子那樣日復一日在學號的十個阿拉伯數字間作顛來倒去的組合。在單調中亦自有樂趣，譬如說，有的小孩窮，你沒有收他錢，那孩子簡直呆了，不敢相信這種好運氣。

然而我彷彿看見，那瘦小黑楞的你，一向自卑縮卻的你，忽然隱隱感到身心裏面有什麼要迸裂要揮揚的東西正在奪門欲出。當時的你，自己也說不出所以然來，那東西，便是多少人追求一生而不得的天寵，也有人一度獲得後來又被上天奪回，那樣東西是——創作的原動力。

我彷彿看見，像武俠小說裏全身眞氣流佈卻因未受訓練而苦無一技的俠士。你有著對人世的悲憫與關愛，你有著面對一尊民間泥塑而忘神揣摩的癡絕，你有著來自生活的、簡樸的、當下直悟的智慧。然而，然而你卻是既不精於劍也不嫻於刀的俠士，你為此鬱苦不安了。

然後，在家人的諒解和支持下，你北上學畫。你試著把畫移到布上，針是筆，線是彩，你摒棄了格子和描畫，直接繡上去，奇怪的是不論是米勒的拾穗，或是宋人的草蟲，你都可以手到擒來，用針線將之再現。

除了學畫的快樂，明師益友的提攜也令你感激興奮。我彷彿看見當年的你，有一天，聽說有一位梁寒操先生很欣賞你，想見你，但你因來自鄉下，也不知此人是何許人物，及至貿貿然衝到中廣，才忽然被森嚴的門禁嚇了一跳，幾乎徘徊不敢入。等知道梁先生的盛名，才發現他的平易謙和多麼可貴。老一輩的賢達宗匠每有愛才癖，但，為什麼，好人總讓你碰到了，除了你常說的因為上帝愛你之外，恐怕還是你的善良、敬慎和力爭上游招來的吧？

原來只想到台北來學畫的，然而學到的卻遠比畫多。我彷彿看到那年的你，如飢似渴的你，學國畫、學素描、學書法、學寫生、學著去讀書、學著在別人的盛讚中只知感激而無聞於溢美、學著自信也學著謙卑。

六

開畫展了，在民國六十六年，由於是歷史博物館辦的，所以並不出售。然而，裱框是要錢的，錢從那裏來？你是不愁的，總相信天不絕人。

天果然不絕人，有人送來十萬元。篤定、天眞和信任是你原來就有的美好品質，你相信事情會一步步變好，這一切原在你的意料中，但你還是大吃一驚，因爲料不到過程如此曲折。

許多年前，一對夫婦在山上種蘋果，懷孕七月的妻子忽患急性盲腸炎，下山來開刀。第二天嬰兒早產了，先生帶著剛滿週歲又吵又鬧的老大到處去籌錢。你知道了，親自送了錢去，並且留下來照顧產婦。那家醫院因爲不是婦產科沒有保溫設備，天又冷，醫生說孩子活不成了，你不相信，寒夜裏抱著孩子挨到天亮。過了一個多月，母子平安出院，又回到山上種蘋果去了。後來，各人忙各人的，也就沒聯繫了。沒想到事隔十幾年，在你最需要錢的時刻，他們送來這筆巨款。

我彷彿看到那年的你，慣於給與的你對那一筆關愛早已忘掉，不料在畫展前夕卻及時反彈回來。眞不可思議！秀治啊，看到你的人每每見你敬謹安拙的立在繡畫旁邊，辭不達意的說上一二句話，卻那裏知道你的生命充滿起伏的情節，精采而令人目不暇給！

七

看你的新作「雪虎」，心中鼓盪，如大江上飽脹的舊帆。

雪線以上，路迷東西，兩隻斑斕的猛虎在沒膝的深雪中逕行。秀治啊，我彷彿看見，你所繡的，豈不正是你自己嗎？這些年來，你為人妻復為人母，一面照顧兩個精力旺盛的小男孩，一面想要持續去繡幾十萬針才構成的一幅畫，談何容易！然而雪中的虎雖步步寒透指爪，卻不失其威，返首待嘯處，依舊天地迴合，山川俯伏。

秀治啊，前路漫漫，我彷彿看見，你正是那舉步維艱的女子。太長的路，太繁複的任務，秀治，我彷彿看見你的掙扎。然而，我是放心的，因為彷彿看到你慣有的、篤定的笑容。

八

如果藝術品也能魂夢相通，待參觀的人潮散盡，那些故宮中的木刻、玉器、銅器、竹雕或宋瓷想必會一一前來看這用現代針車繡成的畫面。我彷彿聽見他們說：

「啊喲，可惜，那些當皇帝的，都沒看過這種刺繡呢！」

然後，我彷彿聽到你那安靜的繡畫自己說話了：

「不是的，我不屬於皇帝，我屬於一個人人有尊嚴的時代，我屬於一個村姑可以成為大匠的時代。」

秀治啊，我彷彿聽見。

——原載民國七十五年六月十日《聯合報・聯合副刊》

會過日子的女人

如果把「我」劇看作一部女性電影，應該是一部柔婉的把四十年來的中國女人作一番記實的好片子……透過付出，透過卑微，透過一無所爭，而終於成了一個沒有人可以與她相爭的人。

北方人有一句讚美女人的話，叫「會過日子」。

小時候聽到這句話總要納悶：爲什麼說「會過日子」呢？難道還有人不會過日子嗎？人人不都在過日子嗎？日子總要過的呀，多奇怪的一句話！

而且「會過日子」一詞有時候竟也指節儉而言。

日子漸漸過去，人長大了，開始喜歡「會過日子」這句話了。人的一生，是一連串的歲月，是解不完的難題和困境。像一個口吃的人，給硬生生的拉到講臺上，規定要面對群衆作二個小時的演講，每一分鐘都是驚險無奈，但總得講下去。直講到鐘聲響起，可以解脫爲止。

人，生而擁有一生，長長的一生，人的基本問題就是個體和漠漠時間和茫茫空間之間的問題（附帶問題便是在此一生中和其他個體之間的問題）。看起來，「會過日子」說得倒眞有道理。人，雖然都身在日子中，但眞正會過日子的，畢竟是少數。

像最近一部電影「我這樣過了一生」裏面，楊惠珊便是那會過日子的人，她的丈夫李立群卻不是。

故事從三十多年前開始，當年播遷來臺的許多人中，有一小批是「依附親屬」而來的，那些不避麻煩肯帶親戚來的人，其實也多是善良之輩，但定居之後，小小破破的房子裏長年擠著一個外人，日子必然有其尷尬和磨難。而未婚夫久候不至，嫁人便成爲女主角唯一的出路。

女主角愛男主角嗎？如果按近年西方流行的「女性電影」立場來看，她是不愛他的（她心中自有一段遙遠的戀情），不愛他而嫁他，豈不是買賣婚姻，和女性電影中的「女性自我意識抬頭」的金科玉律是相違的，而楊惠珊坦然嫁了。她當時也許連去跟表姊說都說不清楚，但她心裏必然隱隱知道，知道自己不是嫁過去依附誰，她嫁過去是要當家的，她知道自己能吃苦有志氣，並且事事講理——這樣的女人在每一個屋頂下都是穩坐江山的。

女主角是美麗的嗎？當然是的，但這類女人的美基本上美在她從來沒有時間去計較自己的美醜；美在雨夜行來，把別人施給她們的剩菜毅然丟在垃圾箱裏（也難爲導演，居然還找到民國五十年時期的垃圾箱），美在她橫眉豎目，怒打前妻賭紙牌的兒子，而忘了避嫌；美在她挺著肚子到牌友家去抓丈夫回家的暴烈；美在她颱風夜摟著五個孩子坐在牀上等水退的擔當；美在乍聽遭逢婚變的老闆讚美她之餘，她知禮的低眉俯首，只是淡淡的接納，只是淡淡的拒絕；美在她離家而復返，知道丈夫並不是壞人，他只是意志力薄弱罷了，她還是得回來，回來做日子和全家的主人。戶口名簿上的戶長雖然不是她，但她其實

「我這樣過了一生」
劇照（楊惠珊提供）

才是眞正的戶長。眞正的一家之主，她不能棄職。

西方的女性電影風行一時，說「發人深省」倒未必，說「發人徵省」尙可言之成理。其中「不結婚的女人」、「她的第二個男人」、「克拉瑪對克拉瑪」（也有人寧可把這一部看作男性電影的）、「法國中尉的女人」、「楊朵」等都是風評和賣座皆不錯的。但所謂的女性電影仍不脫家庭情感和事業等人際關係，西方談女性自覺，往往重點總指向性（「楊朵」是個比較好的例外）。如果東方人來拍女性電影後果會如何呢？至少樣樣喜爭第一的日本人一定不肯免俗而不談性開放的。我認爲從某個角度看，「我這樣過了一生」應該可以看作一部「女性電影」。當然，反對的人可以說不然，因爲這部片子觸及的範圍極廣大，不僅是部討論女性問題的電影而已，（舉例來說，「我」片亦包括一九五〇年到一九八五年間的中國社會的家族倫理關係，爲一項訂婚而等待七、八年，後母對三個幼兒的照顧，乃至臨終前要求前妻女兒對自己當年未婚夫在大陸上和他人生下的兒女的越洋接濟，都是社會學上的好論題）但一切好的事物不都是因爲包括了較多較廣較深的背景嗎？一部女性電影如果只討論女性又能討論出一些什麼來呢？「文學藝術」，亦如現代化的大生產企業，每每附加許多優良的副產品。事實上，楊惠珊本人在演這部戲前後，也經歷了一段不算簡單的「女性演員」的心理過程吧？一個女演員如何捨棄美麗的形象而變爲肥滿再復變爲病枯，楊惠珊本人也歷經了一段成長吧？常聽人罵國片中女明星太愛美，歷經死劫也能秀髮一絲不紊。其實，該挨罵的不僅是女明星吧？大部分的觀衆喜歡才逼得她們如此

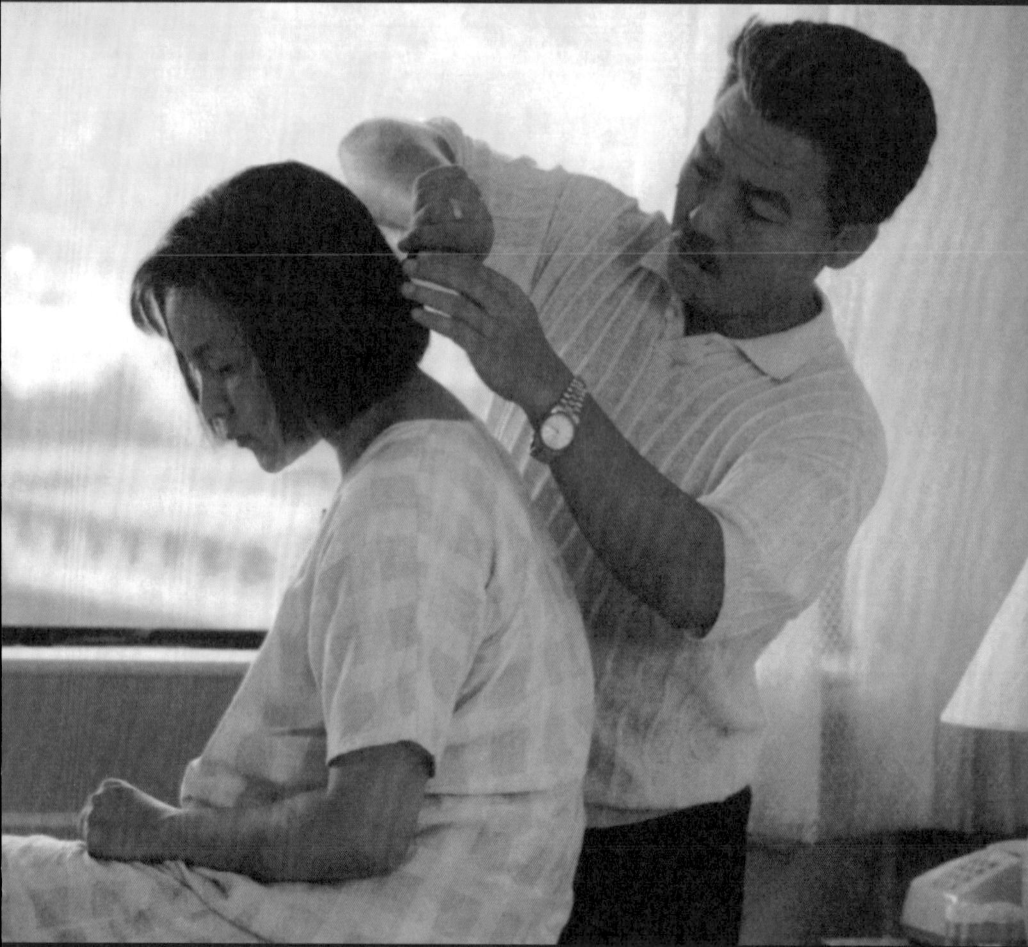

「我這樣過了一生」
劇照（楊惠珊提供）

吧？楊惠珊今天所作的（例如努力增肥近二十公斤）固然值得鼓掌，其實所有的觀衆不也該自豪嗎？社會能要一個漂亮的楊惠珊並不希罕——社會可以接受一個不漂亮的楊惠珊才叫了不起。

如果把「我」劇看作一部女性電影，應該是一部柔婉的把四十年來的中國女人作一番記實的好片子，不探討女權，而女權自然包含在其中。透過付出，透過卑微，透過一無所爭，而終於成了一個沒有人可以與她相爭的人。

多麼會過日子的一個女人。

——原載民國七十四年十月一日《中國時報・人間副刊》

衣宮半日記

伊莉莎白一世卻不斷用衣服來建立她的棣棣威儀，讓別人和自己都忘記她荏弱的一面。看來衣服也可以是另一種面具。

走進那房子以前，我猶豫了一下。

時間是四年前的夏天，地點是在倫敦的漢普頓宮。

其實，那天一大早已在白金漢宮前面看過不夠精采的御林軍表演，剛才也參觀了漢普頓宮的正廳，下午還要趕去溫莎古堡。而眼前的這一間有什麼特別值得參觀的理由？它展出的不過是些幾百年前的舊衣服，何況還要另加門票。犯不著在我們忙之又忙的行程表裏插進這個項目吧？

可是伊莉莎白一世對我而言，還是有其執拗的吸引力的，書上說，她當年文治武功鼎盛，所以才產生了莎士比亞。她能打垮西班牙的無敵艦隊我倒不稀罕，但如果我們承認盛世出「人才」的原則，便不得不佩服這造就了莎士比亞的女王。

進了這間「衣宮」，不覺立刻喜歡上了。一個個蠟質模特兒，把老衣服撐起來，一時間恍若回到了十六世紀，眞是「人死留衣，豹死留皮」啊！當年所謂「一世之雄，王圖霸業」，豈不都在衣服這面無字的令旗下進行的嗎？剝下了這一襲襲的衣服，其中的七尺之

亨利八世的衣服，驚人的肩寬，

幾乎把人撐成「方形」的了，

衣上的寶石抄襲自祭司服飾，

有其政教一統的意味。

01　安妮皇后，亨利的「眾后之一」，依莉莎白的母親。安寧含暉的珍珠，對當時母儀天下的皇后而言，有其曖曖內含光的象徵意義。

02　13歲的依莉莎白，不管出於自願或強制，把自己打扮一副「小聖女」的模樣，身材平直，手握聖經，瑩白甜淨，胸前還掛著十字架，是乖乖牌少女。

03　胸前的橫飾頗有男子甲冑之慨，珠鍊的掛法也截短了，整個人看來氣氣勃發。

衣者，依也。

這是〈說文解字〉的說法。

但依它來做什麼？

用以避寒？

或兼以伸張勢力？

04　登基以後的伊莉莎白一世，從服裝上看出她權力的擴肆，至於縐領，有人以為有遮住頸部縐紋之妙。

05　全盛時期的依莉莎白一世，剛剛打敗西班牙的無敵艦隊，衣服極盡華麗，珍珠、金線乃至蝴蝶結綴滿一身。膨大的衣袖和厚實的衣料，使她看來有九五之尊，右手按在地球儀上，似乎有意提醒自己，「我是多麼偉大的女皇」。

軀又能有怎樣的不同呢？

在一片的衣服森林裏看得出來，伊莉莎白尤其雅擅此道，如果她本人不是服裝設計師，至少也是個設計的伯樂，可惜博物館的全豹不能一一爲讀者導遊，只能就手頭的一些資料略加介紹：

話說十六世紀皇室的衣服非常繁富華麗，熠耀誇張，女人如此，男人亦然。伊莉莎白的父親，那個以殺妻聞名的亨利八世，曾經爲離婚事件一怒而脫離羅馬教廷，他身上的衣服也恍然是一篇「獨立宣言」。在「衣宮」裏就有一件他的王服，胸坎上赫然有十二塊紅寶石，顯然把舊約《聖經》裏祭司的「以弗得式」法衣的設計偷來了，一看便有其「政教大權集我一身」的意圖。其實以色列當年祭司需佩十二塊寶石，是因爲以色列分十二支派，十二塊寶石綴胸前有懷抱衆生之意，沒想到亨利卻把它拿來強調自己的「政教」大權在握了。

看了亨利八世的諸種衣服不免好奇，此人如果脫下衣服，到底肩寬若干？一般的朝服大半極盡誇張其闊肩之能事，如果眞像衣服顯示的，有那麼寬的肩，此人簡直是「方形人」了。不過有一張圖倒顯示出，亨利八世和妻兒人體比例的懸殊實已達到令人吃驚失笑的程度，雖然那是由於一位不知名的畫家的刻意討好，但其實也多少保持了幾分寫實性，換句話說，穿好衣服的亨利就像鼓足了氣的蟾蜍，的確有威武而足以嚇倒人的地方。

這篇文章本來是要寫伊莉莎白的，怎麼會反覆講她的父親呢？其實如果不了解亨利第八及王朝中「王權」的肆張，則很難了解這年輕女王當年怎樣一步步營建自己的勢力。

如果從當年男女衣著有別著眼，則伊莉莎白十三歲那件衣服的畫像，顯然要把她留在一種「乖女孩」的模子裏。珍珠頭箍，最不惹事的形象，手握《聖經》，架上是祈禱書，胸前則懸著十字架，好一副虔誠純潔不染塵俗的模樣。至於硬瘦的玉肩，長䠷的腰身，大而無當的袖口，加起來剛好等於「不經事、不長智、無欲無求的少女」的面目。

但這個少女終於長大了，並且由於種種機緣而一步步踏上王位。她要不要穿得像她的繼母安妮皇后，一副慈眉善目有如修女似的？她要不要穿得像另一個安妮皇后——她的母親那樣華貴俐落？（她於加冕後三年賜死於倫敦塔。）顯然兩者她都不肯，她有她自己的主張。

伊莉莎白女王有件衣服，胸位部分有明顯的橫條，看起來有類似甲冑的魁梧感。原來她和她的父親一樣，有「橫的擴充」的興趣，總是不忘盡量把女性的柔媚減低到最小程度，把男性的強霸適度的加進去。就算是一串珠鍊，她也要打個結，扭到側邊，使長長的珠串不再作淑女狀，反而有一種儀隊服飾的俏皮生鮮。

如果把她和慈禧相比，兩個女人都免不了喜歡珠圍翠繞的那一套，但慈禧卻一逕把自己打扮成一個老奶奶，看來是透過母權掠奪政權的人物。慈禧的男性色彩只表現在口頭上喜歡別人叫她「老佛爺」那個「爺」字上，而不是衣服上（至於光緒皇帝，則得叫她「親爸爸」，真怪啊！）。伊莉莎白則不同，她是名正言順的女王，她要穿出自己的權力感來。

女王其他衣服大抵也兼美麗華貴威武之長。晚年的那件在堆金砌玉之餘，竟意外的綴滿粉紅色的蝴蝶結，有點想恢復青春少女的形象似的，但一隻玉手畢竟已按住一個地球儀，而不復是閨中的繡事了。

女王一逕愛用的衣料，織法藏暗花，有柔韌確實的質感。這種衣料一旦加上墊肩和披風，其膨脹誇張處，不下乃父當年的皇袍。

蘭陵王由於想在戰場上遮住自己一張斯文善良的臉而掛上面具，伊莉莎白一世卻不斷用衣服來建立她的棣棣威儀，讓別人和自己都忘記她荏弱的一面。看來衣服也可以是另一種面具。

走出「衣宮」，陽光正豔，想四百年前女王新衣乍試，顧盼自雄之餘，什麼是她竊然暗喜的，什麼又是她悵然若失的呢？

——原載民國七十二年六月二日《中國時報·人間副刊》

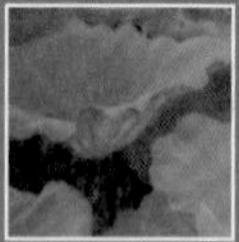

訪香港導演方育平

我最關心什麼？我最關心的是身旁的人和事。
但是可以知道的是，不管我做什麼，大概總無非是在關心身旁的人和事……

從課堂出來，眼睛裏殘存著興奮和疲倦，一條舊牛仔褲，一臉似乎以無所謂的心情蓄留下來的鬍子，整個表情是介乎「悠閒自在」與「蓄勢待發」之間的。這樣的人，放在中環地下鐵的出口處，絕不顯眼，但相反的如果放在國際影展裏也絕不失色。

我們見面的地方是學校的貴賓室，時間是正午，由於彼此都在這學校教書，所以身分上可以算「同事」。不過，我之所以被邀來作訪問的眞正原因是由於別人把我算爲「作家」，而他之所以被訪問是由於戲院裏剛演完他所執導的「半邊人」。這個訪問你要怎樣定名呢？你可以說，這是「中文系講師對傳理系講師的訪問」，（香港對「講師」一詞的定義略等於「教授」）也可以說「觀眾跟導演的交談」，或者「港臺兩地藝術工作者的接觸」，下面是我整理出來的紀錄，我嘗試盡量讓這新銳導演方育平先生自己說話：

不錯，我讀過浸會學院，那是六九年的事，七一年我就走了，到南加大去讀電影。

我初到浸會本來是念數學和物理的，我非常用功，但奇怪的是就是念不下去，我自認並不太笨，不知怎麼就是念不出來。我想想，我又爲什麼要念這一科呢？不過是聽別人說讀這一類的東西生活比較有保障，我爲什麼一定要受這種苦呢？我終於轉了系。

到了傳理系就不同了，我念得很好，還拿獎學金呢！

不錯，我那時除了讀書還很熱心的辦社團，我創辦了浸會電影會，去租影片來放給同學看，這件事我做得很有興趣，可惜後來的同學沒有把它接下去，現在這個社團算是沒有了。

你說的對，南加大學費出名的貴，我去念，是因爲它電影方面實在好，我當時還得打工的。七五年我念完，跟著就回來了。不，沒有耽擱，也沒有到什麼美國的公司去見習，是立刻就回來了。爲什麼？這也沒有爲什麼，我學電影學了這麼久，很想做跟它有關的事，我從來沒有考慮過要去別的地方，電影既然是一種文化，文化就離不開一個根，我當然要回香港。

現在嗎？現在我仍然覺得香港最好，香港人生存的力量最強了，是一個很特別的地方，香港每年有二百部影片呢！小小一個香港。

「新寫實主義」，對，有人說我的手法是新寫實主義，但是，哈，老實說，我自己並不知道我屬於新寫實主義呢！

其實，我只是一直按部就班在做事，我回來以後，先到香港電視臺做副導演，以後升到導演，天天都拍戲，當時的戲叫「獅子山下」，是劇情片。不錯，你說得對，我學電影，卻到電視臺去工作，也許電視片對學電影的人來說不夠藝術——但是，你要知道，這裏是香港，情況不同，電影也未必就藝術，我在電視臺工作最大的收穫是學會了teamwork，我們可以有一個固定的team，這樣合作起來很順很好。

我的第一個戲是「父子情」，這裏面的故事有著自傳性質。我家在香港已經五代了——比英國人來得還要早哩！一代一代，都在務農，我的父親卻縱容我，讓我自由自在學我愛學的東西。幾乎從七八歲開始，我就玩攝影機，小時候，我家住筲箕灣，我用皮鞋盒挖了洞，放幻燈給小朋友看，每人都要收「公仔紙」哩！

我從我父親了解一件事——犧牲——他在為這個家犧牲。我畢業那年他很高興想來看我，卻意外的旅途上死於心臟病……

有人說我擅長拍女人戲，大概是吧！我覺得我這一生受女人恩情太多。起先是我的母親，以後是我的姊姊、我的妻子。譬如說，我姊姊，她為了讓家裏集中力量栽培我讀書，她自己很早就停學了。我妻子，為了支持我拍片，也犧牲不少……不知為什麼，女人總是常常願意為別人犧牲的，也許這就是我在影片裏去一再描述女人的原因。

我一直用「同步錄音」，也喜歡用一般人來當演員，感情表現比較直接，比較自然。

對我來說故事不重要，我們平常總是用一個編劇小組大家一起想的。對我而言，重要的是對你所要描述的人有感受，知道他們。

也有人說我處理手段很「冷」，那大概也是對的，別忘了我起先是讀傳理的，傳統上讀新聞的大概都是冷峻的吧？

拍完一部戲有什麼感覺？都有，你所說的那些都有，也就是說，既高興，又不滿足，一方面感覺是完成了一項工作，另方面卻也有著散戲之後的虛空……

不錯，你聽人說的對，我下一部戲想拍一個「順德人」的故事。當然，說起順德人就讓人想起從前的傭人。現在，順德人的位置是被「菲律賓傭人」取代了，但是，這是兩件完全不同的事，順德女人做傭人是一生一世在主人家裏的，是一家人，而且也是那個時代女性求經濟獨立的手段。能不能拍得好我其實也不知道，但是覺得那些人那些事是我從小熟悉的，是很切近的，應該可以試一試。

——時間過得眞快啊！前幾年我還在被教，總覺自己還沒有學會什麼，現在忽然就教起別人來了。時間過得眞快啊！

——我最關心什麼？（別忘了我是學新聞的）我最關心的是身旁的人和事。以後會幹什麼？不知道，但是可以知道的是，不管我做什麼，大概總無非是在關心身旁的人和事……

（這篇稿，由於我自己的冗事繁雜，居然拖到五個月後才完稿，當然，此刻看來，晚點執筆倒也有其好處，時間把某些不重要的瑣節過濾掉了，現在，如果你問我對方導演的印象，我只能簡單的說，我仍然記得的是他的黑瞳，安靜而溫切，他的手他的臉，他整個人給人一種厚實的感覺，許多粵籍男人會使人覺得「單薄」，希望方導演的「厚實」也是他日後電影上的成就。）

——原載一九八三年香港《浸會學院校刊》

第二輯

低眉處

值得歡喜讚歎的《歡喜讚歎》

能擺脫無知的「感性批評」以及無趣的「學院批評」，而進入此番新的協調，對創作者和欣賞者而言，都該是一樁值得歡喜讚歎的事。

做學生的時候，讀到前人評謝靈運的句子，曰：

「謝五言詩如初發芙蓉，自然可愛。」

竟覺這樣漂亮的句子簡直比謝詩本身還要動人啊，後來又讀詞話，見王國維拿溫飛卿自己的句子「畫屏金鷓鴣」來形容其人自己的風格，同樣的辦法他也用來形容韋莊和馮延巳，(取這兩人的句子各爲「絃上黃鶯語」及「和淚試嚴妝」)，初讀之下，覺得簡直不可思議，卻也認爲很好，不以爲有什麼不對的地方。

及至接觸西洋文學批評，不免驚爲天外美物，如此條析縷陳，眞是中規中矩，毫釐必較。少年心性不免一見傾心，一時之間，人也變得沈重起來，彷彿一句「中國沒有文學批評」是衝著我講的。當時在報章雜誌漸漸注意到學院式的批評，逐日取代了感性的評述，所謂感性評述，大約只須記住二十個左右的成語，便無往不利。論山水則曰「歎爲觀止」，論美食則是「腴而不膩」，論文學不外「清新感人」，論聲樂家則「收放自如」「餘音繞梁」，至於「氣韻生動」「力透紙背」則是論書畫必祭之咒語。——在那時代所有的評述，少有不從一個模子裏拓出來的，不同的只是像香菸或檳榔攤販，誰先佔了位子誰賣，至於貨色全同，倒也沒有人來過問。

而所謂學院人士，則不外搬弄另一套術語。那套術語比較高深莫測，常見的是英文，必要的時候也須加拉丁文及希臘文。而且必須五步一註解，十步一原文（所謂原，當然不可以指中文原文囉）。在那種時代走火入魔的批評家，不免以文章遭人看懂爲恥，整個說來，那時代的評論家仍是攤販，不同的是此攤賣的是洋菸洋酒了。

前幾年——大約前五六年吧，有個對藝評很有興趣的老外，在「留臺」一陣子之餘，曾經發出自認爲「石破天驚」之論，他先認爲臺北沒有藝評，因而藝術很難進步，他甚至舉林懷民爲例，曰，此人全臺北藝術家幾乎都是他的朋友，叫他到那裏去接受嚴苛的批評呢？沒有嚴苛的批評，他又何由進步呢？

言之鑿鑿，使我不免靜下來想想這種問題。

要說中國沒有西方意義的批評，其實也不算錯。正如胡適認爲中國缺乏希臘定義的「哲學」一般。

批評之爲事，多少和商業社會的發展有些關係，亞里斯多德之所以寫出《詩學》一書，成爲西方批評的鼻祖，是因爲在他之前三大戲劇家的作品都完成了，他樂得跟在後面批評。而三大戲劇家是在發售門票（如有窮人買不起票，另有輔助辦法），且有「最佳劇本桂冠獎」之下產生的。人必須付了錢買了票才能說話，此理甚明。否則像劉十九接到白居易的詩箋「晚來天欲雪，能飲一杯無？」萬萬不能想到批評一事，（假如你在雜誌上讀到不滿意的詩，也許會罵幾句，因為你有權認為詩太壞，對不起買雜誌的錢。）又如朋友送你一幅畫，言明是供你「補壁」（貼糊破牆壁）用，更謙虛的則說他的詩集供你「覆瓿」（拆成一張張去封罈子口），這種時候，你又有什麼資格去批評人家？至於鍾子期聽伯牙彈琴，一文未花，只不過站在窗外偷聽——後來妙玉聽黛玉彈琴也是用此辦法——這種聽法只合喃喃自語：「這是高山。」「這是流水。」或憑第六感，知道彈琴人必有不祥。至於談批評，則於理不合，人家既非專業彈琴手，又沒叫你來聽，批評純粹成了多事，至於寒山子寫詩，也無非在隱居的巖穴裏塗了滿牆，後人集而成帙。但對他自己而言寫詩全是頑童行徑，後人如何能置喙評之？

中國雖也有「批」字「評」字，但在藝術上批字會讓人想到「批水滸」，「評」字則讓人想到「評話小說」，一向缺少劍拔弩張居高臨下的氣勢，（中共把批鬥兩字用得令人望之喪膽，卻也是異數）。對於把藝術看作「餘事」的文人而言，很難進行專業的要求和精確的批評，只因將藝術看作「餘事」也自有優點，連帶的也就不必認為缺乏西方定義的批評有什麼不好了。

中國人當然也討論詩，那不叫批評，叫詩話（詞話曲話也同此意義）。討論畫的叫〈歷代名畫記〉（張彥遠）、〈圖畫見聞志〉（郭若虛）、〈畫繼〉（鄧椿）或〈畫禪室隨筆〉（董其昌）。討論音樂戲劇的則名為〈錄鬼簿〉（鍾嗣成）或〈顧曲麈譚〉（吳梅），整個文

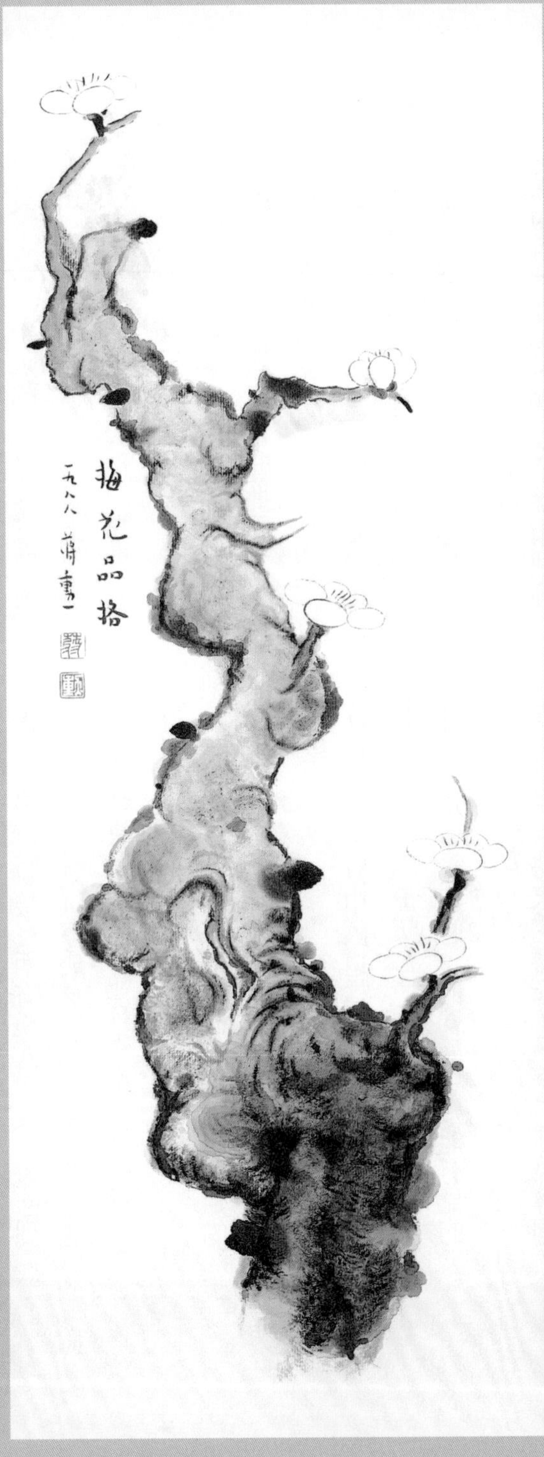

蔣勳水墨　梅花品格

學美術音樂，從來不曾因爲缺乏西方意義的批評而呆滯不進步，相反的，這些隨筆或手拿拂麈隨便聊天式的著作，也很正常的輔佐了中國藝術的前進。

近年來，由於本土文化的自覺，批評文學漸自牽強而一面倒的西方系統回歸。其中如康來新教授之論小說戲劇，以及蔣勳教授之論美術，皆在反映接受西方模式之後，返回到詩話系統的雍容和熙，而且堅持把削鐵如泥的批評利劍，嵌鑲拭擦成華美的舞器，劍之爲器不一定用來割切殺傷，大可於點劈收放之間，以智慧決疑辨惑，並且一比一劃一招一式，無不自成絕代風華。

近讀蔣勳《歡喜讚歎》，擊節之餘很想爲他的一番「藝話」說幾句話：能擺脫無知的「感性批評」以及無趣的「學院批評」，而進入此番新的協調，對創作者和欣賞者而言，都該是一樁値得歡喜讚歎的事。

作者的「歷史系出身」對他的藝術觀影響也極爲顯然，以中國這樣一個充滿歷史感的民族而言，不諳歷史，幾乎可以算爲「半個文盲」，蔣勳的「歷史感」使他的美學體系有一種「行到水窮處」的溯流而上的探奧幽趣，以及在「坐看雲起時」的安靜中始能有見的玄冥天機。

以範疇言，此書包括一般藝術理論（〈托爾斯泰說：將來的藝術……〉）建築林園（〈藏須彌於芥子〉）舞蹈（〈雲門的新舞臺〉，〈我舞影零亂〉）戲劇（〈人偶與人〉、〈有什麼東西被閹割了〉〈再創劇運的高潮〉）平劇（〈問樵〉）攝影（〈認識我們的土地與人民〉）

雕塑（〈歡喜讚歎〉〈雕塑之種種〉〈人群與群衆〉）繪畫（〈把臺灣畫進中國的山水〉〈悲愁又美麗〉）電影（〈看中國早期電影〉）音樂（〈天長路遠魂若飛〉）等，如果要以龐雜形容，亦無不可。事實上這部《歡喜讚歎》如能配合去年出版的《美的沉思》來看，是更爲理想的，對於作者思想的縱深和走向亦可以更加脈絡分明。

以〈藏須彌於芥子〉一文看來（題目本身出於佛經喻語，已多少可以看出本土化批評的色彩），作者旨在討論蘇州造園的精神，但在資料上，他先從紐約大都會博物館仿造蘇州園林的盛事開始，繼而又先談中國建築——他認爲園林是建築物延伸出來的彈性空間，而爲了談建築，他又談了儒家思想中的位與分。最後，他終於使讀者同意中國建築的規格尺度來自儒家理念，而其林園的逸興遄飛則來自道家思想。不可信的是，峰迴路轉，文章最後卻在令人驚愕的觀察中結束。

下面所選錄的片段也許可以把該篇起伏跌宕的美感傳遞方式再加呈現：

簡陋到一間兩間的民房，繁複到皇帝的三宮六院，我們如果不被外在附加的裝飾部分所干擾，大概可以發現，這其中共同遵守的準則，那就是：清楚的中軸線，對稱的秩序，是一個簡單的基本空間單元，在量上做無限的擴大與延續的關係。它所強調的，不是每一個個別的單元的差異與變化，而是同樣一個個別單元在建築組群中的關係位置，在這裏，與其說它所強調的是單幢建築物個別建築體的特色，不如說它強調的更是組群間的秩序。

這一類的建築，任何人走進去，都會知道自己的位置在那裏，它的好處是給人一種安全感，個人退回到族群中，有整個族群爲後盾，減少了個人面對命運的徬徨與孤獨之感，它用嚴格的秩序來規範個人的行爲，使個人沒有任意表現的可能。

我們看到，在這樣的建築中，個人感覺到安全、秩序、穩定的重心，明朗而不可改變的關係，但是，個人的個性也同時受到犧牲，個人的特性被抑壓了，在嚴格的秩序中，便感到了一種處處被安排與被決定的苦悶，有時會想要破壞一下這秩序，從這秩序逃開。

中國人從儒家的人倫秩序中逃開，爲自己構造了另一個世界，便是道家的自然。

這樣使我們驚愕，完全背反了日常理念的規矩，一擊劈碎了我們習以爲常一成不變的思維邏輯，便是劉敦楨所說：「小大空間轉換的對比手法」的來源所在，也是中國古典詩、山水畫等文人藝術，包括戲劇、建築的時空內在最根本的美學憑據。

我們若要在園林中找儒家的中軸線，均衡、對稱、秩序，便要完全迷失了。園林，猶如道家的哲學，把人從嚴謹的人倫秩序中解放了出來，讓每一個個人——而不是族群——單獨地面對自然，得到一種舒放。使得儒家在倫理中被抑壓的部分在自然中得到發展。

在儒家的世界中，我們總要找一個定位，把自己安放得宜，在園林中，體現的卻不再是人間的秩序，而是天道的幽深。

以上引述原文，目的無非讓讀者看到作者邃密的體例，以及解釋現象的功力，以及在專業知識之上的民族感情。

另外，〈歡喜讚歎〉一篇中分析佛像雕刻之美的片段，也可作極優秀的散文來看待。

我去日本的時候，每次也一定去上野那間博物館徘徊，在進門大廳的右邊，一間寬敞的室內，陳列著北魏到唐、不同地區的幾尊佛雕。我特別喜歡一件無頭的菩薩，是天龍山的作品，一腳趺跏，自在而安適，雖然沒有了頭部，卻在那從容的坐姿上顯現著凜然不可侵犯的人的尊嚴與氣度。

我常常一坐好幾小時，面對著那些破殘的身軀，彷彿是重逢了久違的親人，便相向對坐著，那離別時候，各自的辛酸與寂寞，都不堪言說，便只是靜靜流下的無言的淚水罷。

被砍斷的佛手看來豐厚飽滿，許多學生去做素描，用西方光影處理的方法傳達它的體積與量感，但是，與原作比較，可以發現，那厚實飽滿的手，處處透露著線的優美與纖細，如蘭葉葳蕤，四面生姿。我們繞它一圈，這隻手竟像一朵盛開的蓮，在姿態上為了面面俱到，不惜改變手的寫實性，使線條在手指部位做了誇張；一方面是手指自然彎曲的弧線，另一方面，被誇張的指尖部位，向指甲反方向開闢了另一弧線，使這隻手如花一般有了一種「綻放」的姿態。花開到極限，那姿態的妖嬌蜿蜒、嫵媚互應，常常是一種自足的圓，的確是面面俱到，這隻唐代的佛手便以這樣的美在我們面前綻放。

記述雲門舞集在南部客家人世居的美濃鎮演出過程所採用的手法卻又幾乎是小說的——當然也許更像「古樂府」，像從「日出東南隅」開始拉開的質樸而又壯闊落實的敘事序幕，作者也是從一個剝豆婦人的眼裏看整個演出事件：

美濃，這個僅有五萬八千人口的市鎮，被茶頂、月光、大武幾個秀麗的山丘環抱著，以她的純樸、勤勞，客家人保守的生活傳統為人所樂道。

蜿蜒而過的美濃、茇濃兩條溪流，灌溉出一片青翠的稻秧和菸葉。時時有鷺鷥飛過，彷彿刻意用牠乾淨無瑕疵的白羽，指引你看這四周耀眼的青綠。

鎮裏舊街上的人家，門户上多半掛著竹篾編的門簾，滾了藍布邊，中間畫著紅豔的花葉圖案。

穿著舊式滾寬邊唐衫的客家婦女，掀開竹簾，往外探頭看了看。明亮的南臺灣四月陽光，使她微微瞇了眼。

但是，她還是走到院中來了。

隔著短土牆，看到幾個鄰家的婦人和孩子站在街上，熱烈地談論著。牆上告示牌貼了大張紅紙，幾個龍飛鳳舞的字寫著：雲門舞集，四月十八日，美濃國中演出。售票處：上海飼料行。

快到四月十八日了，這一向平靜的市鎮，有著一點不同於往日的興奮和騷動。「雲門舞集」，這婦人回到屋中的時候想：「雲門舞集究竟是什麼呢？」

唐人韋莊的詞有句謂「四月十七，正是去年今日」，就因爲那樣沉重平白的記實，竟讓千餘年前的四月十七至今不朽。而蔣勳所記下的某一年美濃鎮上的四月十八，也應垂爲一幀永恆的畫面吧。

蔣勳的藝術評述另有一可貴處，一般而言，藝術總離不了藝術家，藝術家是人，藝術評詮者也是人，人和人之間難免有友誼上的壓力，但蔣勳的評論方式，比較對「事」不對「人」。討論的是共同的大現象，而不重在個體的成敗，例如論席德進的畫，重點便在如何賦新山水以新意義，以及如何假新技巧以傳新山水。討論所及的範圍，遠拉到五代以來的畫家和畫論，其堂廡之大，感慨之深，自非常人可及。能免於「友式捧場」和「敵式攻擊」

之外，且能同時一點一滴，建立起中國美學理論，應是蔣式藝術批評的成功處，下面引述的資料便是在論席德進繪畫成就時以「事理」爲軸的例證：

> 范寬的「谿山行旅」是一張傑作，畫的是陝西關中一帶的山，從華北平原上突兀而起，大氣磅礡，用的是雨點皴，土質乾硬，空氣乾燥清朗。這是北宋山水畫的特質，當時畫家活動的主要地區是華北平原。
>
> 北宋到南宋，北方的領土失於金，政治中心南移，畫家也大多遷到長江以南。面對新的山川，舊的技法不適用了，懶惰的人，還用畫華北平原大山的老套來畫江南風景，自然難以動人，逐漸就被淘汰。認眞的畫家、創造力強的畫家，面對新的挑戰，努力去觀察自然，從眞實的風景中歸納出新的構圖，新的皴法、新的畫風慢慢產生了。
>
> 江南是多河流的地區，北宋的立軸畫大山很好，寫長河不一定合適，於是，長卷、橫幅的形式多起來了，使人宛然有乘舟順流而下的感受，視覺上，轉高聳爲平闊。河流代替了山巒，成爲山水畫的主題，或者，至少與山巒平分天下。
>
> 地理環境的變遷，對於中國山水畫的改變，有這樣重大的影響，以後我研究明末的漸江，也著重在他的畫風與安徽黃山的石質結構的關係，屢試不爽。
>
> 在法國的時候，有一次看到南宋馬遠畫的十二幅冊頁的複製品，全部畫的是

水，大概是給學生講解的畫稿，畫了十二條河流波紋的特性。我看了很感動，我想：做爲第一代在南方建立家園的畫家，馬遠需要加倍的功夫，才能爲這一片繪畫上的新山川造形吧！一條河，由於土壤的質地、坡度的陡斜，都可能影響水質的清濁、流速的緩急，它所產生的波紋也是不同的。畫家一條河一條河去觀察，不斷地試驗，最後把質地的清濁、流速的緩急，歸納成一根準確的線條，他從「格物」開始，建立了他豐富而遼闊的山川世界。我看著這一套冊頁，眞心對這樣的畫家產生無盡的敬意。然而，我也擔心著，我想，不知道馬遠的學生，拿到這樣的畫稿，會不會懶惰起來，不再去看眞的河流，不再認眞的觀察和解析自然，只是依樣畫葫蘆的畫下去，使得一根原來具有概括性的豐富線條，最後空留形式，只是一根無意義的符號罷了。

我更擔心的是，會不會有人，幾百年後，從江南到了臺灣，仍然用這根線條來畫濁水溪，畫淡水河，使我們的山水世界沒有更新、沒有開拓，使臺灣——中國繪畫上的新山川，永遠進入不了中國的歷史。

由於《歡喜讚歎》是一本值得「歡喜讚歎」的書，故爲之歡喜讚歎如上。

——原載民國七十六年五月十九、二十日《中央日報・中央副刊》

中國的眼波

今天呢？今天有誰肯從雜沓的塵世抽身而出，並且坐下來，爲這一代的孩子傳述那些故事，那些屬於全民族的共同記憶，那盈盈欲滴的中國眼波。

一個民族是怎麼長大的？是因爲經書而來的智慧嗎？是因爲史書而來的啓迪嗎？當然不能說不是，但什麼是一個幼小的男孩或女孩童蒙時代聽到的第一章課程，什麼是一個人成爲白髯的老爺爺或佝僂的老奶奶之後最樂於向孫兒傳遞的訊息——那是故事。

我們來看中國故事就是來看中國。

經書上可以畫中國的眉目——故事裏卻能窺見中國的眼波。

史書可以記中國的筋脈——故事裏卻可探得中國的體溫。

經書中也許記載了中國的呼吸系統——故事裏卻觸手可及中國的鼻息微微。

史書裏長於展示中國深深的腳印——故事裏卻容你拔足去追蹤剛剛還在耳旁的足音。

林語堂博士，由於特殊的家庭背景，可以把英文學得跟母語一樣好。但他成年之後讀到林林總總的中國故事，忍不住勃然而怒，他認爲作爲一個中國人而不曾知道中國故事，是一種殘忍的剝奪，他爲此氣憤不已——他的氣憤固然極有道理，但一個人，只要他開始聽開始看中國故事，總不嫌太晚。林語堂自己不就是一個好例子嗎？他和中國故事雖然

「相見恨晚」，但兩情相契相識之深，也足以補上他早期的遺憾了。

今天呢？今天有誰肯從雜沓的塵世抽身而出，並且坐下來，爲這一代的孩子傳述那些故事，那些屬於全民族的共同記憶，那盈盈欲滴的中國眼波。

——本文爲《蟋蟀勇士》（幼獅少年出版）之序

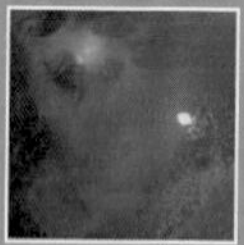

以人爲鈴記

離開師承，離開少年英發的自己，有的時候可以是更深的回歸——雖然其間有大冒險。

我下課晚了，她在教室的走廊上等我。我們一齊到教員休息室去，休息室窗外是操場，操場盡處是溪水，至於山，則在水的那一邊和這一邊錯疊著。

中文系研三的女孩，一身雲白色的衣裳，黑髮婉轉依肩，問她最近如何？她說正在寫一篇有關唐人傳奇中人物性格的論文，手裏卻又拿著第一本小說的校樣，面對這樣的女孩是會令人對時空恍惚的。她是從洛陽古城繁花似錦的春天走出來的嗎？她所穿的是一塵不染的齊紈嗎？這樣好的秋天，這樣好的校園，這樣好的三年前小說課上教過的學生，這樣好的第一本小說集，我竟答應爲她寫一篇序了。

曼娟，這樣的名字和一段怎麼的史蹟繫在一起呢？對我而言，她曾是學生名冊上一個等待評分的未知，曾是大專小說競賽中名列第一的熠閃榮耀的代號，她因此獲得一筆在大多數人看來都頗爲可觀的財富（六萬元），而她居然一口氣又把它捐掉了。這之後，是讀研究所，是陸續的讀和寫——以上，算是既往的史料，這些都不重要，重要的是她的未來史。每個作者的每一本書都只該是大漢行腳，每一枚愼重的留模，都是把自己全人作爲印章來作的鈐記，但是你要尋找那腳印的主人，她卻正行在千里之外了。

謝謝曼娟一直讓我分享她的光榮，如果容我苛求的話，則我會希望在她的淵仁之外，在她雅贍邃密之外，在她縱橫流溢的才情之外再加一份霸氣。

離開師承，離開少年英發的自己，有的時候可以是更深的回歸——雖然其間有大冒險。

我與曼娟，雖有師生之名，也不過是曾將一得之愚與她分享罷了，而此刻說話的我已只是一個讀者了。而你，任何在書肆裏由於某種機緣而買了這本書的人，雖然身爲讀者，但如果你不惜將一己之見誠懇地告訴她，則你豈不也是她的一字師、一句師或一見師嗎？

曼娟不是一個只想聽讚美的人（雖然她值得），故敢爲出言如上。

——本文爲七十四年十月出版《海水正藍》（希代出版社出版）之序

低眉處

古今藝匠描摹人間世，其中傑出的大約也只是別具隻眼，而小小一本《飛行臺灣》是低眉慈目的凝視，是一個全新的視域，是古人從來不能採用的心情。

有些人，我都不知道他們是怎麼活下來的。例如：那在山裏租間小屋製陶壺的，對著遠海日日試燒結晶釉的，辭掉信託公司的工作在家刻小木頭盒子的，以及背著照相機一路走著走著去攝取山川人物的魂魄的。

梁正居就是那個把物象的魂魄攝來背在背上的人。

這類人在展覽會上我是見過的，那時候我知道他們會簇擁在易凋的鮮花和易散的群衆間。那時候整個社會不但讓他們說一點話，而且鼓勵別人也爲他們說一點好話。然後展期結束，一切恢復「常溫」。

我所知道的梁正居便是在散場之後必須回去埔里幫岳父飼魚的攝影家。

民國七十四年夏天，我曾邀他爲我所執教的學校，前往四湖鄉做一次「隨軍記者」。八月暑天，他欣然應命和做醫療服務的學生一起住在廟裏，住在民家。我本來邀他是一心想爲學生的活動留下點紀錄，事到臨頭我才顧慮到對攝影家而言，這樣過二個禮拜未免太辛苦。和二十歲的學生相比，多出的這一倍年齡當然是累贅，不料他到了鄉下居然像魚之歸淵、虎之歸山，遠比年輕的孩子更不知累。

有一次吃完飯在農家的牛棚邊聊天，提到「職業病」，他立刻說：

「我們攝影的也有職業病。」

「那是什麼？」

「關節痛——因爲走路太多。」

我以後想起這人的時候，總不免要想到他那兀自攔在中間偏偏要作痛作梗的關節。

又有一次聊天，聊到小時候，竟然發現大約有一年時間，我們是鄰居，住在撫順街附近同一個村子裏。我一方面嘖嘖稱奇，覺得不可思議——一方面卻又覺得毫不奇怪，事情本來就該如此的。我忽然知道自己喜歡他的那些攝影作品時，其實也就是在喜歡我們這個自幼一起生長的土地，喜歡那個叫雙連的小火車站，喜歡節慶時的野臺戲，喜歡臺北大橋上和臺北大橋下那個熙來攘往紛亂無比卻也靜定無比的歲月。

最近，他把著手已久的《飛行臺灣》拿給我看，雖然早知道他一直在進行這件事，眞看到作品的時候還是微微震驚。

「這些東西，怎麼拍的？」

「包小飛機拍的。」

「飛多少公尺？」爲了掩飾內心的感動，我挑個平靜的問題來問。

「三百公尺吧！頂多不超過五百公尺，有一次飛得太低，還差點碰到高壓線——好

01　梁正居　關渡

02　梁正居　燒田

03　梁正居　潟湖

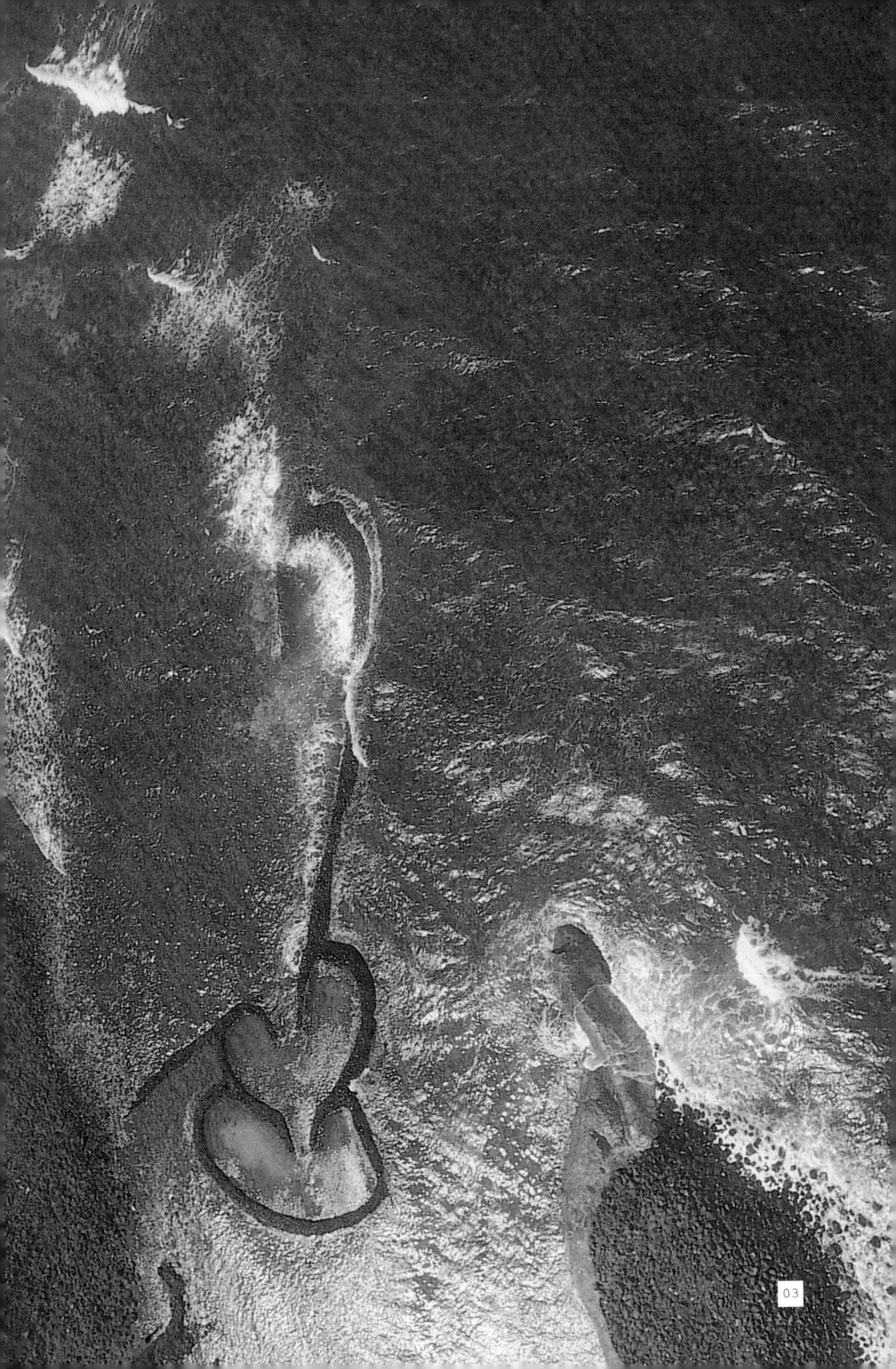

03

險。」

其實三百公尺，他不說我也知道，所有的景物全在他低眉垂睫的依依凝視下。看得出來他不想走遠，他只想稍稍站開，空出一點點可以觀察的距離，用了解和擁抱的手勢俯身去攬景入懷。

在低低的天空，他看到漁人圍起「潟池」抓魚。他看到曾文水庫和烏山頭水庫如淺盞裏半透明的微綠的薄荷凍。而麟洛鄉的客家人，聚落的屋脊擁擁擠擠中自有同承歡樂同擔憂戚的親密。甚至一方收割後燒過的稻田看來也如一幅織錦掛氈，有一種可觸可感的柔度和厚度。

拍《臺灣行腳》的梁正居，當時也許像行腳僧（只不過把「一缽千家飯，孤身萬里遊」改成「一機千家景，孤身萬里遊」），但拍《飛行臺灣》的梁正居則是祥雲之上的仙童，低眉處有好奇的驚呼，有躍動的凡心，有慈悲的俯察（他拍汙染的海岸，如拍一塊瘢爛的傷口），有去而復回、往而復顧的眷戀。

古今藝匠描摹人間世，其中傑出的大約也只是別具隻眼，懷素用的應是醉眼，八大石濤的是淚眼嗎？漸江的是冷眼吧？張大千呢？恐是鍾情的青眼，而小小一本《飛行臺灣》是低眉慈目的凝視，是一個全新的視域，是古人從來不能採用的心情。

昔人志摩有句謂：

「最是那一低頭的溫柔——」

原句雖是形容女子，但此時此地用以形容梁正居乘小飛機俯身拍攝《飛行臺灣》的姿勢上，倒也完全合適——由於喜歡攝影家這種無鋒無芒、不凌厲不囂張的對土地的溫煦情感，故爲序言如上。

——本文爲梁正居《飛行臺灣》（作者自印）之序

錯誤——中國故事常見的開端

那些小小的差誤，那些無心的過失，都有如偏離大道以後的叉路。叉路亦自有其可觀的風景，「曲徑」似乎反而理直氣壯的可以「通幽」。

在中國，錯誤不見得是一件壞事，詩人愁予有首詩，題目就叫〈錯誤〉，末段那句「我達達的馬蹄是美麗的錯誤」，四十年來像一枝名笛，不知被多少嘴脣嗚然吹響。《三國志》裏記載周瑜雅擅音律，即使酒後也仍然輕易可以辨出樂工的錯誤。當時民間有首歌謠唱道：「曲有誤，周郎顧」，後世詩人多事，故意翻寫了兩句：「欲使周郎顧，時時誤拂絃」，眞是無限機趣，描述彈琴的女孩貪看周郎的眉目，故意多彈錯幾個音，害他頻頻回首，風流俊賞的周郎那裏料到自己竟中了彈琴素手甜蜜的機關。

在中國，故事裏的錯誤也彷彿是那彈琴女子在略施巧計，是善意而美麗的——想想如果不錯它幾個音，又焉能賺得你的回眸呢？錯誤，對中國故事而言有時幾乎成爲必須了。如果你看到〈花田錯〉、〈風箏誤〉或〈誤入桃源〉這樣的戲目不要覺得古怪，如果不錯它一錯，那來的故事呢！

有位德國戲劇家布萊希特寫過一齣〈高加索灰闌記〉，不但取了中國故事做藍本，學了中國平劇表演方式，到最後，連那判案的法官也十分中國化了。他故意把兩起案子誤判，反而救了兩造婚姻，眞是徹底中式的誤打誤撞而自成佳境。

身爲一個中國讀者或觀衆，雖然不免訓練有素，但在說書人的梨花簡嗒然一聲敲響或書頁已盡正準備掩卷歎息的時候，不免悠悠想起，咦？怎麼又來了，怎麼一切的情節，都分明從一點點小錯誤開始？

我們先來說《紅樓夢》吧，女媧煉石補天，偏偏煉了三萬六千五百零一塊。本來三萬六千五百是個完整的數目，非常精準正確，可以剛剛補好殘天。女媧既是神明，她心裏其實是雪亮的，但她存心要讓一向正確的自己錯它一次，要把一向精明的手段錯它一點。「正確」，只應是對工作的要求，「錯誤」，才是她樂於留給自己的一道難題，她要看看那塊多餘的石頭，究竟會怎麼樣往返人世，出入虛實，並且歷經情劫。

就是這一點點的謬錯，於是大荒山無稽崖青埂峰下，便有了一塊頑石，而由於有了這塊頑石，又牽出了日後的通靈寶玉。

整一部《紅樓夢》，原來恰恰只是數學上三萬六千五百分之一的差誤而滑移出來的軌跡，並且逐步演化出一串荒唐幽渺的情節。世上的錯誤往往不美麗，而美麗的又每每不錯誤，唯獨運氣好碰上「美麗的錯誤」才可以生發出歌哭交感的故事。

《水滸傳》楔子裏的鑄錯則和希臘神話「潘朵拉的盒子」有些類似，都是禁不住好奇，去窺探人類不該追究的奧祕。

但相較之下，洪太尉「揭封」又比潘朵拉「開盒子」複雜得多。他走完了三清堂的右廊盡頭，發現了一座奇特神祕的建築：門縫上交叉貼著十幾道封紙，上面高懸著「伏魔之殿」四個字，據說從唐朝以來八九代天師每一代都親自再貼一層封皮，鎖孔裏還灌了銅汁。洪太尉禁不住引誘，竟打爛了鎖，撕了封條，踢倒大門，撞進去掘起石碣，搬走石龜，最後又扛起一丈見方的大青石板，這才看到下面原來是萬丈深淵。刹那間，黑煙上騰，散成金光，激射而出。僅此一念之差，他放走了三十六座天罡星和七十二座地煞星，合共一百零八個魔王……

《水滸傳》裏一百零八個好漢便是這樣來的。

那一番莽撞，不意冥冥中竟也暗合天道，早在天師的掐指計算中——中國故事至終總會在混亂無秩裏找到秩序。這一百零八個好漢畢竟曾使荒涼的年代有一腔熱血，給邪曲的世道一付直心腸。中國的歷史當然不該少了堯舜孔孟，但如果不是洪太尉伏魔殿那一攪和，我們就要失掉夜奔的林沖或醉打出山門的魯智深，想來那也是怪可惜的呢！

洪太尉的胡鬧恰似頑童推倒供桌，把裊裊煙霧中的時鮮瓜果散落一地，遂令天界的清供化成人間童子的零食。兩相比照，我倒寧可看到洪太尉觸犯天機，因爲沒有錯誤就沒有故事——而沒有故事的人生可怎麼忍受呢？

一部《鏡花緣》又是怎麼樣的來由？說來也是因爲百花仙子犯了一點小小的行政上的

錯誤，因此便有了衆位花仙貶入凡塵的情節。犯了錯，並且以長長的一生去截補，這其實也正是大部分的人間故事吧！

也許由於是農業社會，我們的故事裏充滿了對四時以及對風霜雨露的時序的尊重。《西遊記》裏的那條老龍王爲了跟人打賭，故意把下雨的時間延後兩小時，把雨量減少三寸零八點，其結果竟是慘遭斬頭。不過，龍王是男性，追究起責任來動用的是刑法，未免無情。說起來女性仙子的命運好多了，中國仙界的女權向來相當高漲，除了王母娘娘是仙界的鐵娘子以外，衆女仙也各司要職。像「百花仙子」，擔任的便是最美麗的任務。後來因爲訪友下棋未歸，下達命令的系統弄亂了，衆花在雪夜奉人間女皇帝之命提前齊放。這一番「美麗的錯誤」引致一種中國仙界頗爲流行的懲罰方式——貶入凡塵。這種做了人的仙即所謂「謫仙」（李白就曾被人懷疑是這種身分）。好在她們的刑罰與龍王大不相同，否則如果也殺砍百花之頭，一片紅紫狼藉，豈不傷心！

百花既入凡塵，一個個身世當然不同，她們佻達美麗，不苟流俗，各自跨步走向屬於他們自己的那一番人世歷程。

這一段美麗的錯誤和美麗的罰法都好得令人豔羨稱奇！

從比較文學的觀點看來，有人以爲中國故事裏往往缺少叛逆英雄。像宙斯，那樣弒父自立的神明，像雅典娜，必須拿斧頭砍開父親腦袋自己才跳得出來的女神，在中國是不作興有的。就算搗蛋精哪吒太子，一旦與父親衝突，也萬不敢「叛逆」，他只能「剔骨剜肉」以還父母罷了。中國的故事總是從一件小小的錯誤開端，諸如多煉了一塊石頭，失手打了一件琉璃盞，太早揭開罎子上有法力的封口。（關公因此早產，並且終生有一張胎兒似的紅臉）。不是叛逆，是可以諒解的小過小犯，是失手，是大意，是一時興起或一時失察。「叛逆」太強烈，那不是中國方式。中國故事只有「錯」，而「錯」這個字既是「錯誤」之錯也是「交錯」之錯，交錯不是什麼嚴重的事，只是兩人或兩事交互的作用——在人與人的盤根錯節間就算是錯也不怎麼樣。像百花之仙，待歷經塵劫回來，依舊是仙，仍舊冰清玉潔馥馥郁郁，仍然像掌理軍機令一樣準確的依時開花。就算在受刑期間，那也是一場美麗的受罰，她們是人間女兒，蘭心蕙質，生當大唐盛世，個個「縱其才而橫其豔」，直令千古以下，回首乍望的我忍不住意飛神馳。

年輕，有許多好處，其中最足以傲視人者莫過於「有本錢去錯」。年輕人犯錯，你總得擔待他三分——

有一次，我給學生訂了作業，要他們每人唸幾十首詩，錄在錄音帶上繳來。有的學生唸得極好，有的又唸又唱，極為精彩，有的卻有口無心。蘇東坡的「一年好景君須記，正是橙黃橘綠時」，不知怎麼回事，有好幾個學生唸成「一年好景須君記」，我聽了，一面搖頭莞爾，一面覺得也罷，蘇東坡大約也不會太生氣。本來的句子是「請你要記得這些好景緻」，現在變成了「好景緻得要你這種人來記」，這種錯法反而更見朋友之間相知相重之情了。好景年年有，但是，得要有好人物來記才行呀！你，就是那可以去記住天地歲華美好面的我的朋友啊！

有時候唸錯的詩也自有天機欲洩，也自有密碼可按，只要你有一顆肯接納的心。

在中國，那些小小的差誤，那些無心的過失，都有如偏離大道以後的叉路。叉路亦自有其可觀的風景，「曲徑」似乎反而理直氣壯的可以「通幽」。錯有錯著，生命和人世在其嚴厲的大制約和慘烈的大叛逆之外也何妨採中國式的小差錯小謬誤或小小的不精確。讓叉路可以是另一條大路的起點，容錯誤是中國式故事裏急轉直下的美麗情節。

——原載民國七十八年十二月廿二日中國時報《人間》副刊

評語

大凡得首獎的作品都有其莊嚴都麗的「夫人相」，殊少妖嬈之風情，幽深孤峭之趣致——其實那又有什麼重要呢？

作評審，從來都不是快樂的事，特別是散文評審，因為每一篇散文都是一段真實的人生。說到人生，你又怎有辦法去評審高下？下面這段文字是為中華日報散文三位獲獎者所寫的評語。過了四年，拿出來看看，覺得仍然是剛掏出來的肺腑之言，故一併收入書中。

——七九春、補記

一

經過反覆的辯議，票開出來了，〈黃昏菩提〉險勝，及至知道作者是林清玄，大家不禁驚奇。

「咦，怎麼又是他？」

事後評審委員承認，如果預先知道作者的名字，我們很可能會避免「再」給他第一，以免別人說我們不公平——好在沒有，否則在我們避免不公之際，豈不落入另一種不公。

使評審委員感動的應是作者對城市的那一份不亢不卑的認眞的感情。城市其實只是城市，只是不得不然而形成的生活方式，不值得追逐也不值得抱怨，作者的好處在於不僅是細膩的，也是壯碩的，不僅能悲憫，也有其溫柔的疾呼，有指責有包容，——當然如果你一定要找出缺點它也是有的，大凡得首獎的作品都有其莊嚴都麗的「夫人相」，殊少妖嬈之風情，幽深孤峭之趣致——其實那又有什麼重要呢？

二

馬叔禮〈梅伯伯的祭文〉是要寫一篇祭文嗎？不是，它要寫的是梅伯伯的一生一世。它眞的只寫梅伯伯的一生一世嗎？不是的，梅媽媽顯然比梅伯伯更重要，她出入生活，有如平劇舞臺上耍開來的刀馬旦，一身力氣和武藝，卻又宛轉情長，謙抑如同竈下婢。作者眞的是想寫這麼一位女子嗎？也不是，他要寫的是這由於山河大變故而產生的充滿「奇男子」「奇女子」的時代。我們由於肉眼凡胎，不曾從這些人身上看到美麗的風光，作者指給我們看了。

吳敬梓在《儒林外史》中形容畫荷之好，說「有如把荷花摘下來貼在紙上」，好畫當然不僅如此而已，大約是無辭可說，只得這樣來比。我看〈梅伯伯的祭文〉亦覺語言措辭簡直是作者提著錄音機跟在身後記錄下來的——當然這也是不得已的形容方法吧！

三

不知爲什麼，許多設立文學獎的單位常常會說出「鼓勵」兩字，鼓勵雖也是好詞，但不免有一種長輩對晚輩的提拔之意，我理想中的設獎和評審態度卻是「承認」「鼓掌」和「喝采」的意思，孔子用「可畏」來形容對年輕一代的敬意，十分傳神。

余佩珊的〈擁抱〉是一個溫暖的手勢，用虛實相映的方式寫一個一九九七前港民的心情，文字或有生糙處，情感卻如高手臨敵，引人入偪仄之巷，使之無反擊之餘地。

——本文爲第一屆中華文學獎之評語

｜第三輯｜

有　　願

也算攔輿告狀

對於這棟老神社我們最大的德政就是「不做什麼」
總之，只要「不」做什麼，則這棟房子還能好端端的過一陣子。

親愛的徐縣長大人——本來想叫一聲青天大老爺的，不過想想，封建意識太重，還是稱大人好。（大人者，不失其赤子之心，是個好頭銜。）

可叵這一招，是從歌仔戲平劇上學來的，古時小民，每有奇冤，總是跪在路旁，瞅準縣太爺的車輿經過，便大叫一聲冤枉，然後連哭帶訴陳述一番，問題便迎刃而解。如今已是民主時代，可叵卻因讀書不多，每遇急事簡直不知找誰解決才好，想跟我的教授同事請教，不幸他們又全是些「有學無術」的傢伙，不足成事。不得已，只好「遵古炮製」，來個「攔輿告狀」。可惜的是大人沒有古代的輿，現代的汽車太快，可叵不敢攔，只好乘大人看報的時候，來個「攔報告狀」，但願大人不嫌小人礙事，細聽小人申訴冤情：

按小人爲中華民國國民，原居住臺北，素無前科，生平只有一奇癖，即每到一城，總喜央人帶我去看房子，小人所以看房子，並非想投資房地產，只是想知道那地方有沒有好建築。天可憐見，我這小小的願心走南撞北都不成問題，唯獨回到本「文化上國」就頗感困難。十年前，一把火燒了中華路理教公所（日本時代建，木造，依唐製），小人悽悽遑遑不知到那裏去看好房子，八年前又宰了一幢林安泰古厝，令人思之吐血。貴縣忠烈祠麻雀雖小，神采不凡，是小人棧戀不捨的，近聞亦要剷除另建，不禁悲從中來，爲此屋大叫一聲「冤枉啊！大人！」下面談述四大冤屈如下，敬請明察，小人不敢欺心，句句有本，就算說錯了，亦勞大人一一指正：

第一，據云凡日本倭寇建築，不宜入我中華民國人民之法眼！亟宜拆除。哎呀！小人勸大人千萬別開此例，否則從現在起，總統府要拆，臺北賓館要拆，連臺灣大學都得拆掉一大半呢！依小人之見生魚片是可吃的，月桂冠清酒是可喝的，「拖哟他」汽車是可開的，甚至連日本老婆也是可以娶的！咱們大中華民族有志氣，怕他小小日本作甚？天主教教皇統治羅馬，雖然蓋了聖彼得大教堂，聖約翰教堂……卻也不去拆「萬神廟」，反拿它來作教堂。張良雖恨秦始皇，也只想用大椎去敲死他，而絕不建議漢高祖拆毀長城。近代洋人更絕，他們發明一種中子彈，只殺人，不毀房子，打完仗可以把滿城建築接收過來，眞聰明！

第二，據云此屋經過裁定因不滿一百年，所以是「非古蹟」，所以可拆，此事亦大大冤枉。蓋天下之房子亦與天下之人有一奇怪的相似之處，即「年高者未必德劭」，「德劭者未必年高」。判定一個房子僅憑年齡是不公平的，大人不信，試隨小人走遍臺灣，如能在現存「純木造」房子裏找到一間比這棟當年的日本神社更漂亮完整的，可叵的可字便由大人倒過來寫。東方木造房子不似西方石造房子長命，能活到現在已是「古稀老屋」。百

01 02 桃園神社（王鎮華教授提供）

歲老屋算「屋瑞」，尊它一點也無妨，但「古稀老屋」如果沒犯罪，倒也沒有什麼格殺的理由，如果縣府「拆屋預算」已經撥出，小人建議大人改派拆屋隊去拆違章建築比較有道理。

第三，據小人一些「頗懷小人之心的朋友」揣測，大人因從前競選期間許下「重建忠烈祠」的諾言，所以必須在競選連任之前開工破土。依小人之見，桃園忠烈祠如要改建不如乾脆另起爐竈，不必孤零零的吊在虎頭山，如今佛教寺廟每每設在大廈樓下，未嘗不可做參考。如請這些忠魂到市區來享受香火，應該沒有什麼不好，而且管理方便，不會弄出鄭成功塑像的鬍子被人拔掉一邊留一邊的怪事。而且小人又以為忠烈祠內只住幾塊小小木牌位，未免太可惜，小人一向住在寸土寸金的臺北市，不免小氣成性，故建議不如把忠烈祠改設在市區，並且把它和青年閱覽室合在一起，除了春祭秋祭之日閉門祭拜以外，平常開放讓年輕人讀書。這樣做，年輕人一面讀書一面崇仰先烈典型，而烈士亡魂也可以看看後世子孫是否長進，豈不兩便。

第四，據小人另一批「亦懷小人之心的朋友」猜測，大人求好心切，不免希望有所建樹。自古以來政界人物不免都夢想能塡完滿滿一本功德本子。其實此事眞冤哉枉也，為政之道亦如佛家勸世之言，先要「諸惡莫作」，其次才「諸善奉行」。柳宗元形容地方官忽然想到春天來了，該去督促老百姓耕作，於是下鄉勸農，老百姓奉茶奉水奉酒奉肉，還得伺候從人和牲畜，忙得人仰馬翻，縣太爺回府，不免告訴夫人「今日下鄉勸農，甚累。」鄉下老農也回了家，並且告訴老婆「今日伺候縣太爺勸農，甚累，所以沒耕田。」可叵真希望能有一位縣太爺敢說：「今天沒去勸農，以便讓農人有空自己去耕田，農人不累，我也不累。」

世人雖有人因立大業建奇勳而成名，卻也有人因懸崖勒馬沒做什麼而福世。對於這棟老神社我們最大的德政就是「不做什麼」：不拆毀，不去留字，不拔走銅馬，不故意破壞，不在柱子上草草率率用油漆寫對聯，不粉刷，玻璃破了，照原樣補塊平光玻璃便罷，不必好意換成現代的十字紋的玻璃。總之，只要「不」做什麼，則這棟房子還能好端端的過一陣子。

試想一百年後，徐大人可小人俱不在了，那時這房子還健在，人人提起，豈不都要加一句美辭：「這是在徐縣長任內救下的……」

到時候，建築系的教授帶著學生，指指點點說：

「桃園境內的這棟神社是日本時代建的，至少一百多年了，這種木造房子只剩這一棟最完整了，看看檜木這種建材，到現在還是如此沈穩扎實，再看看這施工，可以發現日本人是不可輕視的，要小心這個民族，他們辦起事來太認真……」

到了那一天，可叵是小人，容易志得意滿，想必雖然身在地下，也不免要翻個身大吼一聲：

「徐縣長大人，你都聽見了嗎？我說的有理吧！你看，這房子留下來，是有點道理的呢！」

冤情陳畢，請容小人退下。

——原載民國七十四年五月二十三日《中國時報‧人間副刊》

如果你錯了和如果我錯了

桃園地靈人傑、山川鍾秀，要再找塊地蓋忠烈祠有何難哉？放過這小小一棟神社吧！畢竟它一木一石都是桃園孕育出來的呀！

最近，有一件好事。我們居然可以看見「老百姓」和「政府」吵架了。當然，如果要說得文雅一點，那就是老百姓和政府「劇烈的溝通」了。舉例言之，前有核能四廠案，後如桃園神社要拆不拆案。

如果桃園縣政府錯了，一棟歷史的教材，一間最後的仿唐檜木建築就從此消失了，永劫不復。

但如果老百姓錯了——這錯誤倒是很容易改正的，一旦證明此屋的存在不合理，則「怪手」一推，管你什麼「東沐」「西淨」，什麼「山門」「正殿」「拜殿」統統在兩天之內推個清潔溜溜，蛛絲不存。

用這種客觀冷靜的分析來看，就算「不拆派」錯了，其錯也不難彌補，希望桃園地方賢達能出來說兩句公道話，最近有人入山調查，據推斷，此屋很可能取材自桃園臺北交界處的赫威山中的神木群。（從中部林場取材運輸較煩難），桃園地靈人傑、山川鍾秀，要再找塊地蓋忠烈祠有何難哉？放過這小小一棟神社吧！畢竟它一木一石都是桃園孕育出來的呀！

附：桃園老一輩的都知道，神社中原來有一鐘，聲音清越，後來不知怎麼不見了。後經建築師打聽，原來被管理員放入倉庫了，爲什麼放入倉庫呢？據說因爲孔廟祭孔沒鐘，所以來借，還回來後便暫放倉庫。既然連孔老夫子也借過「日寇」的鐘來用，我們就別小裏小氣說人家是日本人，所以要去拆人家的房子吧！

——原載民國七十四年六月一日《中國時報．人間副刊》

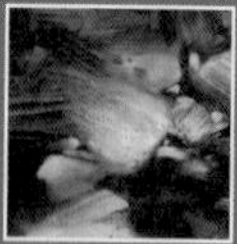

局長，請聽我說一個觀念

因爲有感於人生歲月的短促易逝，因爲有感於生而爲人且生爲中國人的難得因緣，因爲感激別人對我的接納和厚愛，我只能「全力以赴」。

局長：

這封信指名寫給您，其實是不公平的。第一，可能這件事您並不知道。第二，新聞局，在像我這種老百姓絕搞不清楚的許多許多「局」裏，實在算是一個「好局」。不過，話也說回來，正因爲您不知道，所以應該讓您知道一下。再說，因爲貴局是好局，我才相信值得和您談談。

事情是這樣的：去年此時，我答應新聞局的邀約，赴國父紀念館演講，我所以答應此事，是因爲認爲該次主題「推行書香社會」是值得贊助的。

不意到了演講前不久，連絡人的電話來了，問我有沒有演講稿，我說沒有，我演講向來只有大綱沒有全稿。我認爲寫好一份稿子上臺去念是很奇怪的事，學術論文也許可以宣讀，政治文告也許應該有據，但那不是我的方式。

對方聽說沒有現成的講稿，便退而求其次說：

「那麼我們幫你做成紀錄，你修改一下，好嗎？」

「幹什麼？」

「因爲聽演講的人總是少數，太可惜，我們想印成一本書。」

「咦？可是你們請我演講的時候並沒有提這件事。不行，演講是演講，文章是文章，拜託，請跟你們處長說一下，這件事別人如何，我不知道，但我自己是不能答應的。」

以後又陸續打了幾次電話，對方的意思我很明白，因爲翻來覆去只有一句話：

「演講一次，只讓這麼少人聽到，太可惜！所以要印書！」

但我的意思他們懂不懂？（如果懂，接納不接納？）就不得而知了。因爲我堅持的是一個觀念，而這個觀念不是一句話說得完的，所以必須說一連串的話，一串話當然不及一句話容易聽懂，好在這些話現在記憶猶新，我一條條陳述如下，請局長看看有沒有道理：

第一，從法理上言，我只答應二小時的演講，而不曾答應「賣斷」一切和這篇講稿有關的權益。這件事情並不複雜，應該是可以了解的。

第二，從媒體上講，演講是透過語言和語言的情感聲調以及演講者本人的身體、眼神以及講者和聽者在同一時空下以親和密切的感應而完成的溝通，必要的時候還可以輔以黑板、投影機、幻燈、電影、實物等來使話說得更清楚動人——而這一切，一旦轉爲文字媒體，在我想來簡直精華全失，點金成鐵。我相信新聞局至少要比別人更懂得「媒體」這件事。把演講和出書弄成一道「一魚兩吃」是顯然不得體的。其荒謬性一如把精采的「電視劇」錄下音來，送到電臺去叫他們當「廣播劇」來播。

至於局方所說「講演聽的人太少了，可惜」也不成理由。一個單位不辦演講則已，要辦，就該有一個認識：演講這件事，本來就是「小衆傳播」，而不是「大衆傳播」，五百人一堂，絕不是缺點，反而正是優點，正像舞臺劇，像教學，像教堂或廟宇中的宏道說法，從來就不是以量取勝的場合。新聞局如果痛惜這場演講只讓五百人聽到，唯一正確的做法便是再去辦幾場演講——而不是把一場活潑生動的演講變成楞頭楞腦的文字。

記得當時我還怕自己一人的想法太特立獨行，於是打電話問余光中教授，余先生也認爲不可，他說：

「絕不可能的，我在時間分配上，有一大半用來朗誦詩歌，我用國語念我自己的詩，再用四川話、廣東話和臺語念古詩，而且吟，此外還用英文和西班牙文朗誦詩——要變成文字，不可能的。」

我再打電話問楚戈先生，他也說：

「不行，我的演講是用幻燈片連貫的，這，怎麼變成文稿？」

我想想覺得這兩個人一個重聲，一個重形，應該再打電話問問李亦園教授才公平，他也連說不可。我於是有了充分的自信，知道自己的想法並非異端邪說，我當然可繼續打電話給這書香系列的演講人（大約十人左右），但想想我的本意又不在糾集群衆造反，只想求證一下，何必多事。

局長，以上的說法正是一年前我跟局方說的話，後來，奇蹟似的他們居然說：

「好吧，你放心，印書這件事，我們暫時不做了。」

我於是眞的放心了，而且想，新聞局到底比較容易通氣，雖然並非一點就通，但七點八點以後畢竟也通了，心中暗自喝采。不料時隔一年的今天早晨，我收到局裏寄來的限時信，打開來赫然是一篇演講稿的紀錄，並且附信一封，其中有如下文字：

該稿樣係以電腦排版，又因刊印在即，時間無多，如作大幅更改，似有困難，擬請就該稿樣文字稍作小部分修正與潤飾，藉存演講原貌，並惠於十一月二十日擲還。

口氣雖然極客氣，重點卻只在限期（我是十一日才收到的）和限改，沒有一字商量演講人的同意，這是怎麼回事？

局長，在國內，不重視版權的事絕不新鮮，但身爲新聞局，總該有別吧？記得許多年前我因有事到局裏去，有位官員爲了表示親善竟拿出一本書來說：

「啊，這是你的作品，我們印了很多送人，你看過這本沒有？」

拿過來一看，那本粗陋的小冊子裏是我的兩篇文章（〈我們不是値得尊敬的嗎？〉〈黑紗〉）再看日期，是「中華民國六十八年二月印贈」。我沈吟不語，那位官員還算敏感，忽然慚愧的笑了，說：

「哎呀，不得了，如果連你都不知道，簡直是盜印版，現在當面抓到了！」

我當時笑笑，說：

「算了！」

我爲什麼說算了？並非我生性寬宏，而是看到對方確實「面有愧色」，不尊重版權這種「沒出息的事」，即使政府，在未進步到某種程度前恐所難免，只要知錯下次不犯，應該還是「好機構」。

局長，民國六十八年二月做錯的事，民國七十五年不要再做好嗎？局長，要談復興中華文化，可不可以從小至「尊重一個文化人的版權」開始呢？

局長，如果新聞局是一個大文化單位，我，張曉風，也是一個小文化單位。你們的單位要發展出一種怎麼樣的「單位風格」，我不知道，但請聽我這個「一人單位」的「單位風格」。因爲有感於人生歲月的短促易逝，因爲有感於生而爲人且生爲中國人的難得因緣，因爲感激別人對我的接納和厚愛，我只能「全力以赴」。在這個原則下，我要求凡和我的名字有關的文字，都有其一定的水準，都無辱於我們五千年來的「精緻文化」，如果「麥當勞」的每個肉餅都有一定的分量，一個文人名下的作品卻沒有品質保證，我認爲是一種自我褻瀆。

所以，局長，根據我的「單位風格」，我若答應您演講，我自會好好準備，全力衝刺，讓聽衆在會場中每一秒鐘都不浪費，都感受到生命的光熱和美好。如果我答應另一個人寫稿，我也會終宵不寐，字斟句酌。如果我力有所不逮，別人自然仍可感到我的誠懇認眞與一絲不苟。我如今根據我的「單位風格」，要求您允許我有權利不答應一篇演講變成的「文字」刊出，因爲對我而言，它不是「精緻文化」，不符於我這個單位的品管原則。

相信這件事在你們的「單位風格」裏，也是辦得通的吧？進「雅言」不難，聽「雅言」的「雅量」爲難，我因對新聞局的雅量一向有信心，所以願意陳述如上。

p.s.：局長，聽說這本書要印出來去「分發」，我也反對。我們多年宣傳做得不好，有一部分原因就是因爲「免費贈送」。一切作品，如果有價値，都應納入正常的商業運作，「白送的午餐」總難免讓人懷疑它衛生可口的程度。在復興基地上不缺買書的錢，缺的是編好書的觀念，新聞局如果眞有心，就應該把「印刷費」拿出來，資助有心的出版社，讓他們聘請合格的作者，好好「寫」一部書來「賣」，而不是「記錄」一部書來「送」。

——原載民國七十四年十一月十八日《中國時報・人間副刊》

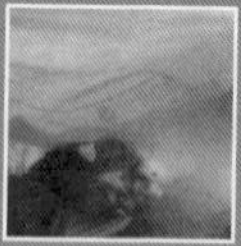

冠禮

我已成年，此去要昂首面對生命中最強烈的痛苦和挑戰
此去要俯首感謝信任前路的鮮花和祝福

我已成年
有夠寬的雙肩可以承擔
有夠柔和的心可以接納和付出

我已成年
七千次的朝陽引燃我理想的熠點
七千番的月色示我以最美麗的歌哭

我已成年
此去要昂首面對生命中最強烈的痛苦和挑戰
此去要俯首感謝信任前路的鮮花和祝福

後記：民國七十六年台中西南區扶輪社借臺中市立文化中心試爲二十歲之青年舉辦古代加冠禮，以期能給予他們成熟人的自信和責任感，透過簡春安教授索詩一首，我認爲此事能融傳統入現代，是有心人的善舉，乃欣然應命如上。

遊園驚夢

如果准許我有祕密的誓願，願臺北是個愛生的城市，願動物仍然和人類一起欣欣向榮……
願那一雙雙來自荒原的野性的眼睛仍然和我們下一代的孩童的夢一起成長。

學校的交通車正行到高架橋上近圓山的一段，我機警的趕快側過頭去看牠。牠，那隻長頸鹿，牠在對街的山頭上，我們相距也許有一、二千公尺吧？牠的頸子優美的伸向高處，像一個指著天空的箭頭標示。

車子轉了彎，我收回依依的目光，交通車繼續往士林方向走，我定下心來，準備去上課——多奇異的相逢，一個人，一頭鹿，在都市高架橋的急速車行中遙望。

猛然想起，我這半生好像都在這條路上。小時候，住撫順街，讀中山國小。後來讀書教書在外雙溪和石牌，中山北路來來回回的每天經過，算來已等於繞了地球幾周了。

可是，爲什麼，爲什麼每次經過動物園，仍不免怦然心動？

記得第一次走入圓山動物園的感覺，記得那些橫走縱躍的猴子，記得那對一個孩子而言巨大無比的象欄，記得孔雀開屏時顫抖的以百眼爲扇，急速的傾力猛搧，一陣陣急切而焦傷的求偶訊息……

從被父母牽著去玩，到自己會去逛，到和情人，到帶孩子去，一座園竟是一個人的半生啊！

有一天，大概是民國四十年吧，父親從動物園回來，大笑，說：「這事眞奇怪呀！園裏有隻驢子，我走近一看，牌子上介紹了一大堆，最後還說『鳴聲悅耳』，驢子叫怎麼能叫成鳴聲悅耳？」

那大概是動物園的草莽期吧，才會錯得如此離譜。而三十多年後的今天，動物園雜誌上有著一篇篇學術性的研究報告，像「談獼猴的理毛行爲」，或「柑橘鳳蝶的人工飼料」。時代不同了，有些事情在進步，我自己也成了動物園搬家的宣傳員。然而我不自主的會懷念那個圓山橋下河水流碧的日子，有人垂釣，有人散步，那時候沒有專家，卻也沒有「連專家也解決不了的問題」，小學的校歌神氣活現的唱著：

「圓山虎嘯，劍潭水清……山川鍾秀，人傑地靈……」

我今天對著渾如毒湯的基隆河還敢唱「地靈」嗎？

關園的前一天，我去看林旺。對我而言，牠不僅是一隻碩大的最受歡迎的動物而已，也是一篇岔開去的悲劇情節。據說牠來自泰北叢林，曾和我們的孤軍一起生活，後來帶到臺灣來，放在步兵學校，（大概由於步校是校區最大的軍校吧！）父親當時在步校做教育長，我們假日裏便跟著父親去看大象，外加看一顆紅豆樹。大象後來轉贈了動物園，沒想到那曾在叢林中和戰士共生死的，曾在軍營裏慣聽號角悲吟的，今天卻站在衆孩童驚奇的注目中遲緩而無奈的老去。

發願會不會是一件遭人恥笑的迂腐行爲？如果准許我有祕密的誓願，願臺北是個愛生的城市，願動物仍然和人類一起欣欣向榮，在十億年前，也在今天，在蠻荒、在農村、在都市、在圓山、在木柵。願那一雙雙來自荒原的野性的眼睛仍然和我們下一代的孩童的夢一起成長。

——原載民國七十五年九月十四日《中國時報・人間副刊》

有願

人能有願，如花之有蕊，燭之有焰，大地之有軸序，該是件極幸運的事。

暮春四月的晚上沿著逐漸復活的愛河走來，一泓八角形的清澈池水，恍惚如有所待，而在這透明無所隱藏的池水前，我們要說出自己無所隱藏的心願。

人能有願，如花之有蕊，燭之有焰，大地之有軸序，該是件極幸運的事。

說起許願，我不由自主的想起童話故事裏那對貧苦的夫妻。有一個難熬的冬夜，天使出現了，並且特准他們許三個願。餓昏了的丈夫立刻大聲說：

「我希望有盤大大的香腸！」

肥滿的香腸來了。做妻子的生了氣，一個本來可以「成爲無限」的願望，此刻降格成爲一盤不值錢的香腸，她恨恨的叫起來：

「香腸，哼，我希望這大串香腸全長到你的鼻子上去才好！」

天使是法力無邊的，妻子一句話尾音未落，香腸早已牢牢的丈夫鼻子上生了根。

兩人相對愕然，一霎間，他們竟只剩下最後一個願望了。世上雖有萬千美夢可供祈求，但現在他們已沒有權利去選擇了——和我們一樣，他們曾經因無知浪費了自己，一些無謂的追逐、固執和敵意造成一重重傷害。而現在，如果還有願可許，我們——這些生活在這塊土地上，曾一度熱中於經濟開發，而付上太大代價的一代，選擇力的愚蠢一如那對貧苦夫妻——此刻也只能像那妻子虔誠俯首，說：

「願一切恢復原狀。」

是啊，如果我有願，也只是願一切如初：願鳶飛，願魚躍，願肺葉能呼吸一口乾淨空氣，願人和人之間祥和無爭。讓一切失去的重新回來，讓生命遂成其爲生命應有的尊嚴。

下面的文字是我近年來的私願，陳揚就此譜曲，齊豫用乾淨明亮的聲音唱了它，聽來是一種強式的深情，我很喜歡，由於也喜歡高雄市「願池」構想，我要在獻池典禮中輕輕念一遍我的私願：

凡有翅的讓他能飛
凡有鰭的讓他能游
凡有腳的讓他行走
凡有氣息的讓他呼吸
凡有生命的讓他自由

——原載民國七十六年四月二日《聯合報．聯合副刊》

河飛記

原來只要人好，情好，自有好話出口：
水盡鵝飛固然傳神，水淨河飛也另有風采。

很好的五月天，我到香港去演講，詩人知道了，叫我到他任教的中文大學去吃飯，中文大學的地勢是「據山爲王」的。如果走路當然很辛苦，但如坐在別人開的車子裏上上下下攀爬自如倒也有趣，何況車子裏還坐滿了此地「盛產」的作家。

「這廣東話，有時候倒也有現代詩的作風。」詩人說。

我聽人論廣東話不免立刻肅然起敬，這玩意對我而言太高深了。

「有一句話叫『水淨河飛』……」他接著說。

「咦，河怎麼會飛呢？」我畢竟是寫散文的，不懂這句怪話。

「不是河飛不飛，是這樣的啦，」梁錫華是老廣，立刻擺出權威姿態，「譬如說，你今天到了中文大學，原來預期會有番盛況的，誰知人影也不見一個，這時候你可以說：『咦，眞是水淨河飛啊！』」

我立刻牢牢記住了這個成語，甚至不免因此還覺得有幾分神氣，畢竟粵籍以外的人懂這句話的也不多哩。

事隔數年，我有一天爲了一篇論文來翻關漢卿的望江亭雜劇。元雜劇的語言向來生鮮活辣，我自己午夜披卷都有時忍不住格格笑出聲來，那天讀到第二折，有一句：

你休等得我恩斷意絕，眉南面北，恁時節水盡鵝飛。

我正暗暗嘆好，卻猛然一驚，咦？這句話好熟，原來老廣的那句話不是「水淨河飛」，而是「水盡鵝飛」。鵝變了河，就這樣一路誤傳下來了。

這一高興，乾脆一不做二不休，想再找找其他雜劇裏有沒有類似的用語，這一找居然大有斬獲，又得四條例證如下：

我則爲空負了雨雲期，卻離了滄波會，這一場抵多少水盡鵝飛（柳毅傳書，楔子）

可不道一部笙歌出入隨，抵多少水盡也鵝飛（殺狗勸夫二折）

我則道地北天南，錦營花陣，偎紅倚翠，今日箇水淨鵝飛（雲窗夢四折）

怕不到瓜甜蜜就，少不得水淨鵝飛（雍熙樂府（四）點絳脣）

這一來，幾乎可以說是證據確鑿了。元雜劇的語言是以大都（今北平）爲依準，這語言七八百年後怎麼和老廣相通的，倒也出奇。

記得家父有一次問我：

「我們徐州鄉下過年，有些喜慶遊行，裏面有個節目，我們鄉下人叫它『月餅和尚鍍了翠』，大家都那麼說，但說的是什麼，你怎麼也猜不到。」

「我知道，」我笑起來，「這一點難不倒我，那是『月明和尚渡柳翠』給念走了音。」

想來不知有多少語言多少故事在江南江北流衍，就算念走了音，錯誤中竟也仍然不失其美麗。有一次聽一位佛教大師說，佛經多有誤譯處，但從誤譯的地方卻也自己發展出一番教義來，眞是令人稱羨。

原來只要人好，情好，自有好話出口；水盡鵝飛固然傳神，水淨河飛也另有風采。月明和尚也罷，月餅和尚也罷，在遊行的隊伍裏，他都要除去高僧的岸然道貌，變成可親的嘻笑的大頭笑面，要去引渡一個凡世的姑娘。

中國太大，但大而同舌也就夠好了，儘管傳舌有誤，卻有白紙黑字的文字可以爲憑。和百舌各說各話最後竟不免要拿英文來溝通的印度相比，眞是幸運。這樣想想居然忽地興高采烈起來了——雖然平時一提起中國這大題目，總幾乎要眼濕的。

——原載民國七十四年三月四日《中華日報・中華副刊》

寫於「和氏璧」演出之前

這個世界又歷經越南、兩伊和許多圍繞在我們身邊的浩劫，而舞臺恆在，像一面冰涼的古銅鏡，在一顧一盼間反映著人世。

在中國，玉，並不意味著一塊寶石。

正如蘭，不代表一束鮮花。

亦如劍，不強調是一種武器。

玉，以它的溫潤堅緻象徵君子之德。蘭，以它的高逸芬芳表記君子之風。而劍，劍是意氣的縱橫，俠情的鷹揚。所以玉不必以「卡」計數而自有其高價，蘭不必以金錢標價而自有其可慕，劍，自矜其吹髮可斷的鋒利卻不以殺人爲能事。

「和氏璧」是自古以來一個屬於中國人的玉的故事，所謂玉，是石之美者，而所謂美，是不能以「卡」來計數的，它只是當下直斷的情境。「和氏璧」要說的便是玉的眞實存在，以及因爲「有玉」而產生的「宣佈玉的人」，以及那人所渴望的其他「接受玉的訊息的人」。

這故事，原是不善言詞的韓非子寫的，他寫的時候，心中亦有其鬱鬱孤憤吧？任何時代，假玉總比眞玉行銷，但在所有的失望和希望的盡頭，那塊眞玉仍在那裏，小而至於可以做一個女子的指環，大而至於可以做諸侯的信符。如果你做皇帝，它可以是玉璽，如果你死，它則是玉蟬，是死者含在口中象徵復活的願望。

很少有東西可以像玉一樣可以持之以生，持之以死的——它簡直有點像「眞理」啊！

我因而把「和氏璧」寫成戲劇，那是一九七四的事，寫成之後，立刻連夜送去給李曼瑰老師看。是因爲年輕？是因爲性急？還是因爲恃寵而驕？做起事來竟敢那樣蠻不講理，然而李老師卻當眞連夜爲我看了，第二天還給了我電話，誠心的向我道賀……學貫中西的老師當然知道那不是一部成熟的劇本，只是因爲一份對後輩的偏心，使她到處向人說，那是一個好劇本……然而，我爲什麼忽然提起十一年前的舊事？只因老師翌年便死於腸癌，匆匆竟是十個寒暑過去了。

「和氏璧」初次在香港演出是一九七五，當時好友恩佩曾幫過不少忙，而恩佩也已故去。生命如果是一場戰爭，我們便是那不知自己的背囊裏究竟擁有多少箭鏃的兵卒，只能奮力以搏——反正，回頭去數自己背後箭袋的容量是件不可能的事。

「和氏璧」定於今年初秋在大會堂重演，十年前看過此戲的年輕人此刻已爲人父母了吧？十年前的孩子，此刻也該成長爲觀衆了，這個世界又歷經越南、兩伊和許多圍繞在我們身邊的浩劫，而舞臺恆在，像一面冰涼的古銅鏡，在一顧一盼間反映著人世。

——民國七十四年・長洲旅次

老師，這樣，可以嗎？

我能說的只是，老師啊，我仍在活著、走著、看著、想著、惑著、求著、愛著，以及給著——老師啊！這樣，可以嗎？

醒過來的時候只見月色正不可思議的亮著。

這是中爪哇的一個古城，名叫日惹，四境多是蠢蠢欲爆的火山，那一天，因爲是月圓，所以城郊有一場舞劇表演，遠遠近近用黑色火成岩壘成的古神殿都在月下成了舞臺布景，舞姿在夭矯游走之際，別有一種剛猛和深情。歌聲則曼永而凄婉欲絕（不知和那不安的時時欲爆的山石，以及不安的刻刻欲震的大地是否有關）。看完表演回旅舍，疲累之餘，倒在牀上便睡著了。

夢裏，我遇見李曼瑰老師。

她還是十年前的老樣子，奇怪的是，我在夢中立刻想到她已謝世多年。當時，便在心中暗笑起來：「老師啊，你眞是老頑皮一個哩！人都明明死了，卻偷偷溜回來人世玩。好吧，我且不說破你，你好好玩玩吧！」

夢中的老師依然是七十歲，依然興致沖沖，依然有女子的柔和與男子的剛烈熾旺，也依然是臺山人那份一往不知回顧的執拗。

我在夢中望著她，既沒有乍逢親故的悲慟，也沒有夢見死者的懼怖，只以近乎寵愛的心情看著她。覺得她像一個小女孩，因爲眷戀人世，便一逕跑了回來，生死之間，她竟能因愛而持有度牒。

然後，老師消失了，我在異鄉淚枕上醒來。搬了張椅子，獨坐在院子裏，流量驚人的月光令人在沈浮之際不知如何自持。我怔怔然坐著，心中千絲萬緒輕輕互牽，不是痛，只是悵惘，只覺溫溫的淚與冷冷的月有意無意的互映。

是因爲方才月下那場舞劇嗎？是那上百的人在舞臺上串演其悲歡離合而引起的悸動嗎？是因爲「拉瑪耶那」戲中原始神話的驚怖悲愴嗎？爲甚麼今夜我夢見她呢？

想起初識李老師時，她極力鼓勵我寫一齣戲。記得多次在冬天的夜晚，我到她辦公的小樓上把我最初的構想告訴她，而她又如何爲我一一解惑。

而今晚她來，是要和我說甚麼呢？是興奮的要與我討論來自古印度的拉瑪耶那舞劇呢？還是要責問我十年來有何可以呈之於人的成就呢？赤道地帶的月色不意如此清清如水，我有一點點悲傷了，不是爲老師，而是爲自己。所謂一生是多麼長而又多麼短啊，所謂人世，可做的是如許之多而又如許之少啊！而我，這個被愛過，被期待過，被呵寵過，且被詆毀過的我，如今魂夢中能否無愧於一個我曾稱她爲老師的人呢？

月在天，風在樹，山在遠方沸騰其溶漿，老師的音容猶在夢沿趦趄。此際但覺悲喜橫胸，生死無隔。我能說的只是，老師啊，我仍在活著、走著、看著、想著、惑著、求著、愛著，以及給著——老師啊！這樣，可以嗎？

——一九八八・夏・印尼旅次
一九八九・冬訂

後記：〈畫〉是我的第一個劇本，因爲覺得練習成分太多，便沒有正式收入劇集裏，近日蒙友人江偉改寫爲粵語演出，特記此夢付之。李曼瑰老師是當年鼓勵（說確實一點是勉強）我寫劇的人，今已作古十年，此文懷師之餘，兼以自勉，希望自己是個「有以與人」的人。

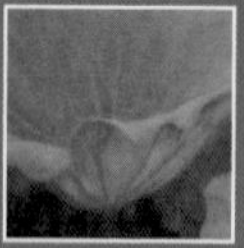

安全的冒險——談鬼戲

眞的看到鬼是很可怕的事，但在劇院裏聆聽鬼的唱腔，細味鬼的孤憤或深情，揣摩鬼的動作和語言，卻是安全的冒險。

如果我們走入劇院，我們想看什麼呢？

看愛情？或愛情的背叛？看友誼？或友誼的考驗？看風雲際會？或人去樓空？或昔日的麻雀今爲鳳凰？或曾經的蘭芷化爲此際之蕭艾？……但不管看什麼，我們其實想看的是「人」。

不過，如果我們愛看的是人，那麼孫悟空是一隻猴子，豬八戒是豬，白素貞是蛇，我們居然也愛看。如果進入卡通世界，那就更是動物、植物、礦物、器物，無物不可爲主角。而且，連鬼物也是自有其戲份的。這樣看來，鬼或萬物，都是人世的延長虛線，都廣義的納入「收萬象於一鏡」的舞台。

莎劇《哈姆雷特》的詭譎變化，其實是從午夜城牆冤魂現身開始的。不幸的國王遭人淫其妻而奪其命，但這亡魂卻鼓其最後一絲力氣，要把是非講給遠方歸來的兒子聽。

福壽全歸的幸福死者，好像都放棄了他們的發言權，安安靜靜的去長眠了。誠如我們在西洋小說裏常看見的，提到死者，總要加一句「願上帝安息他的靈魂」。至於那些畫伏夜出，汲汲惶惶，欲有所求欲有所索的鬼魂，大抵都是冤不曾伸，志不得償，情未能圓或憾未能平的不幸之人。他們的人生戲份在現實社會裡已經蓋棺論定演完了，但舞台卻給了他們另一個空間，讓沒能說的話說了，沒能做的事做了，沒能完成的情節完成了。

在人世間也許再沒有另一個民族像華人如此善待鬼魂了。每一年，我們要為亡魂簽一個月的入境許可，並且招待吃喝，外加用焚燒的方式提供消費券任他們花用。興致來時，甚至也為他們演戲，更周到的還為他們提供豪宅和電視機。

在華人的舞台上，鬼也一向是耀眼的角色。美豔的如《牡丹亭》裏的杜麗娘，那奇詭的行路步式幾乎是來無蹤去無影。捉王魁的桂英則是如此絕決凜然，（絕不像政治人物的大老婆虛虛假假地代夫遮掩）死也饒不了那負心的夫君。《伐子都》的穎考叔則用附身的方式向凶手索回一命——這戲已經具備心理分析戲的高度了。

張愛玲在《流言集》裏也曾談過一個鬼戲《烏盆記》。某個外出人，遭人作了，並且燒成灰，和泥作成了一個瓦盆，然後被人買去作便盆。可是就算落到這一步，這鬼還是死賴著要為自己伸冤。張愛玲不免為老外擔心，覺得這種丑角等級的鬼，西方人怎能把它跟希臘悲劇比照呢？不過，誰管它什麼老外怎麼想，在現實社會裏活得像便盆一樣的人難道還少了嗎？

《鍾馗嫁妹》一戲也許是鬼戲中最受歡迎的了，喜歡熱鬧的觀衆可以在戲中看到一堆大小鬼卒，滿滿一舞台，有大頭鬼，小頭鬼，必要時還可以來個會吐火的鬼，眞是族繁不及備載。跟政治有點瓜葛的觀衆不免爲鍾馗而悲，故事中他是因其貌寢陋而不被錄用的考生，羞憤之餘撞死殿階，死後又很悲哀很諷刺的蒙皇帝賜綠袍而葬。有了這麼一件壽衣他好像又忽然有了尊嚴，成了黑道大哥（鬼國才是眞正的黑道吧？）專管小鬼，遇到特別不乖的小鬼，他就咔嚓咔嚓吃了牠，這個爲官場不收的無容貌又缺背景的男人，會觸動某些人的傷悲吧？而女性觀衆也許更愛的是鍾馗那一點點私心，雖然已是幽明兩隔，雖然自己已是冥府之人，但當大哥哥的還是想照料一下幼小的妹子，想爲她安排一門好親事，並爲她辦一場風風光光的婚禮。大紅喜轎在台上走過，熱鬧的隊伍吹吹打打，嬌豔婉媚的新娘和粗陋憨拙的大哥形成有趣的對比，這妹妹如果不能擁有一場完美的婚禮記憶，老哥是死也不甘心的啊！嫁了妹子他才好去安心做他的大鬼啊！這種不以人鬼相隔的兄妹深情，絕不是西方劇情中動不動就上演兄妹不倫戲所能了解的。

眞的看到鬼是很可怕的事，但在劇院裏聆聽鬼的唱腔，細味鬼的孤憤或深情，揣摩鬼的動作和語言，卻是安全的冒險。其功能有點像現實生活中請人來清洗水塔，不洗，好像也不怎麼髒，洗了，才知道原來長期沈澱，我們的底層早有一層積垢待清。亞里斯多德說的「懼怖」、「悲憫」，如果要加以滌盡，還有什麼比看鬼戲更好呢？

我喜歡鬼戲、妖戲，因爲它們是更爲豔魅驚竦的人戲。坐在舒服的劇場裏看鬼族辛苦扮演人生種切，是我心靈旅程中安全的冒險。

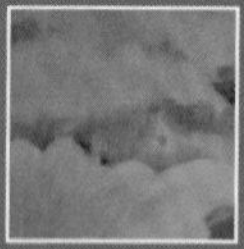

炎方的救贖——讀湯顯祖《牡丹亭》

自從在夢中遇見那溫柔的男子，杜麗娘忽然意識到自己生命裡有所欠缺有所不足，而在遙遠的炎方，卻有鬱勃蓊茂的生命正等待與她相遇。

憑依造化三分福
紹接詩書一脈香

——《牡丹亭》〈第二齣言懷〉

一、兩組數字

1564-1616

1550-1616

上面這兩組數字對你而言有什麼意義呢？

前一組是英國劇作家莎士比亞的生卒年份，後一組是明朝湯顯祖的。前者世人皆知，後者則可能連國人也不曉。

二、他們的坐標

「從前，很久很久以前，有一個國王……」

童話，常常是沒頭沒腦的，鬧不清是哪朝哪代的故事。而湯顯祖的《牡丹亭》卻正經八百的有其時空坐標。而且，幾乎還附上男女主角DNA血統書。

故事的時代坐落在南宋，地點在江西省的南安（現在叫大庾）太守第。這湯顯祖有一點點自私，這麼美麗的故事情節，他捨不得讓它發生在別的地方，便讓它發生在自己的故鄉。不同的是湯顯祖是臨川人，臨川屬於江西北部，南安屬於江西南部，這兩個地方的距離大約有一個台灣那麼長。至於女主角杜麗娘，她的父系祖先是杜甫，母親則是甄后的後代。至於男主角呢，是柳宗元的後裔。男主角另有一位姓韓的朋友，他是韓愈之後。更奇的是當年柳宗元筆下有位郭駝，他是位駝背園丁，他們家族從唐朝駝到宋朝，世代都駝，也都做園丁，且世代在柳家做園丁，柳家去了嶺外，郭駝也追隨而去。

其實，整部《牡丹亭》裡的人物都在「重生」。杜家重生，柳家重生，韓家重生，甄家重生，郭家重生……藉著後代，孳衍不息。所以，杜麗娘能重生，好像並不奇特。

大部分讀《牡丹亭》的人會被杜麗娘的「死忠」（眞的是以死來忠）嚇到，忍不住爲她的專致鍾情而淚下。但我讀《牡丹亭》卻爲另兩個字而癡迷，那兩個字是：

炎方

這兩個字出現在第二齣柳夢梅一上場所念的詩句中：

寒儒偏喜住炎方

我對炎方兩字癡迷，是因爲那兩個字是「熱帶」的意思。而熱帶，不正是我自小被命運安排，所一直定居的地方嗎！

炎方兩字並不是湯顯祖叫出來的，它早就存在了，在唐詩裡，有下面這樣的句子：

柳宗元〈南中榮橘柚〉：「橘柚懷貞質，受命此炎方。」

司空曙〈送鄭明府貶嶺南〉：「莫畏炎方久，年年雨露新。」

李紳〈紅蕉花〉：「紅蕉花樣炎方識，瘴水溪邊色最深。」

雍和〈郊廟歌辭〉：「昭昭丹陸，奕奕炎方。」

賈島〈送人南歸〉：「炎方饒勝事，此去莫蹉跎。」

賈島〈送人南遊〉：「蠻國人多富，炎方語不同。」

杜甫〈……戲呈元二十曹長〉：「衰年旅炎方，生意從此活。」

當然，提到炎方，也有說壞話的，例如：

沈佺期〈赦到不得歸題江上石〉：「炎方誰謂廣，地盡覺天低。」
盧綸〈逢南中使因寄嶺外故人〉：「炎方難久客，爲爾一沾襟。」
于鵠〈送遷客〉：「遍問炎方客，無人得白頭。」
白居易〈夏日與閑禪師林下避暑〉：「每因毒暑悲親故，多在炎方瘴海中。」
李白〈古風〉：「炎方難遠行。」

對唐人而言，雖然廣大的帝國版圖早已延伸到豐美的南方，但南方仍是瘴癘之鄉，它或許是美麗的，卻和蠱惑和死亡和腳氣病和卑溼……來聯想。

然而，南方持續豐美。

長江在流，岷江在流，沅江資江湘水在流，漓江麗江在流，珠江在流、閩江在流，……

南方持續豐美。

橘柚溢芬，荔枝傳香。鮫人在月下泣珠，東海龍王忽然成了新任的財神，坐擁一切海上的資源。沈萬三從家中的後門水巷出發，小船換大船，他便挺進天涯，比陶朱公走得更遠，於是有人傳說，他擁有聚寶盆。

南方持續豐美，海洋的藍色暖流爲黃河輸血，南方持續豐美。

在湯顯祖的筆下，杜甫的後代不再隸籍河南，杜麗娘爲自己造像時說的是：「如果我不爲自己畫一張相，有誰會知道會思念西蜀杜麗娘的美貌呢？」她和她的父親把杜甫一度流浪逃難的四川當作了新的故鄉。

南方，南方持續豐美。

而柳夢梅，在祖先一度被貶的兩廣炎方，在記憶中遭詛咒的流放之地，在豐美的果園中他成長了。上場詩中他說：

憑依造化三分福
紹接詩書一脈香

在遙遠的南方，在陽光和花香的祝福下，文化被傳承，夢想被認可，美麗的故事在醞釀，傳說如風雷隱隱成形，神話剛裂地而出，旋即聳然入雲。

於是他們各自站在他們的時空坐標，在最混亂的年代，當戰爭和流血侍立在身邊，他們卻各自坐落在自己的新故鄉。他們沒有依傍，有的只是春天裡的一株燦如黃金的垂柳，或一樹開瘋了的梅花，以及一座不知「當今是誰家天下」的又荒涼又華美的園子。如果人間還有什麼可依賴的話，恐怕也只像「慾望街車」中田納西威廉藉女主角說的：

「我總要信任陌生人的善意。」

對，到後來愛情成了最終的信仰，杜麗娘和柳夢梅，各自信任夢中初見的陌生情人的眞意。

「噢，你也在這裡嗎？」

這是張愛玲形容亂世愛情的一句悽涼的話。世界紛擾，個人的命運可以由雲端落入泥淖。但在某個春天，薄暮，某個身穿月白衫子的美麗女子，站在自家後門口，桃花開了，她手扶桃樹。然後，男孩走來，跟他說了那句話。後來，命運將他們分開了，他們一世未曾再見面。但那三分鐘，在她的生命裡卻已成永恆。直到晚年，她總是想起那黃昏，以及那與她驚喜相逢的男子，以及他說的：

「噢，你也在這裡嗎？」

杜麗娘、柳夢梅，他們交集在同一個時空坐標點上，他們是彼此夢中最美的幻象。

「噢，你也在這裡嗎？」

於是，他們相愛了。也許相逢，也許不相逢，也許局部相逢，這些都無礙於相愛。當有人愛上了某人，某人甚至不需要有名字，他的名字就叫做「我愛」。

三、然而，她在嶺北，他在嶺南

自從在夢中遇見那溫柔的男子，杜麗娘忽然意識到自己生命裡有所欠缺有所不足，而在遙遠的炎方，卻有鬱勃蓊茂的生命正等待與她相遇。於是她渴望被點燃，被浸染，她渴望把自己解體並重組。

而柳夢梅也開始立即收拾行裝，他知道自己必須出發，如鮭魚之洄游。去探索他的原鄉。如信徒之朝聖，如考古隊走入巖穴，他知道這段旅程非去不可。

在長期焦慮無望的等待之餘，杜麗娘因渴望而死去。

柳夢梅卻翻山越嶺而來，在梅嶺，他驚遇嶺南的梅和嶺北的梅，南梅先開，北梅後放，卻同樣潔白美麗。石砌的古道，砌成某種圖案的屬廣東，越一步，另種圖案，已是江西。跳過江西，就算中原地面了。

嶺上天寒，柳夢梅一路行來，便病倒了。

曾經，柳夢梅在嶺南，杜麗娘在嶺北。然而，此刻，柳夢梅到了嶺北，杜麗娘卻已仙去。柳夢梅並不知道他失去了什麼，他只知道自己莫名的失落。

柳夢梅病倒，這來自炎方的男子多麼不慣北地的風霜啊！炎方持續豐美，而柳夢梅在大庾嶺上，在梅關，彳亍前行。在這自古以來通南往北的大道，他想著，這裡曾走過多少洄溯者的腳步啊！

曾經，六祖惠能走過這條路，他要去的地方是湖北黃梅寺。那時他是多麼年少啊，只因家貧，必須養老母，他砍了柴去賣。當他把柴擔到旅店送給客人，而後，恭敬的倒退著步子離開，忽然聽到奇特的聲音，他不知道那是什麼，只知道如聞天音。山泉流過漱石，涼風吹過飽含明月的松林，也正是此聲。這是什麼？是誦經，有人告訴他。然而什麼是「經」？五祖弘忍那裡有經。五祖弘忍人在哪裡？在嶺北。要走幾天可到？走三十幾天。奈何我家有老母。我爲你出十兩銀子安家，你去吧！於是那砍柴少年便一路直奔黃梅而去，成就後來一段大因緣……。可是，惠能當年也爲此梅花驚豔嗎？他也坐此山石，爲遠方的神祕經書而氣血翻湧嗎？他會在寒風中思憶柔煖的炎方世界嗎？

我，柳夢梅，今告訴親朋我是爲考試而來，經書我自有，然而我果眞爲科舉而來嗎？好像不是，我是爲生命的奇遇而來，我爲發生而來，我爲回到先人的腳印而來。六祖惠能曾帶著大喜悅、大驚訝攀此山涉此水，並終於帶著大徹悟而歸。我今越此大庾嶺，跨此梅關，走此天塹，我何所求，生命又能何所求……

四、如果你呼叫我，我將跨越冥河而來

杜麗娘的肉體僵冷，靜臥在老梅樹下。杜麗娘的魂魄悠遊，在花徑的落英和蒼苔間。中原的大地肅穆莊凝，然而它沉沉睡去，如杜麗娘。也許懷著猶溫的心，卻不再能息視人間。

如果有人能斬開荊棘救回沉睡百年的睡美人公主。如果有人能循著昔日歌聲的小徑找到中毒的白雪公主，並且將之喚醒。那麼，有人能喚回杜麗娘如喚回一整個民族的生命力嗎？

炎方，豐美的南國，會是肅穆莊凝的后土的救贖嗎？柳夢梅來了，然而柳夢梅感了風寒，曾經是河東（今山西）人士的柳家，如今是嶺南人了，嶺南人受不了嶺北的風雪，至

少一時之間受不了。

啊！嶺南，曾經是河北人之子的六祖惠能，因爲父親遭貶嶺南，而終於被人看成嶺南人了。出身河東柳家的柳夢梅，如今也是嶺南之人。後世還會有個嶺南人孫中山，他們都是一些努力去叫醒別人的人。

救贖，會自南方來嗎？英雄，會自炎方來嗎？那豐美的南方。當時湯顯祖不太了解台灣，他的地理認知到嶺南而止。但有一件事他卻不知不覺說對了，炎方是救贖，豐美的南方是救贖，救贖的英雄也來自南方，與世界接軌的南方，因一艘船而走天涯的南方。而南方可以是嶺南，可以是香港，可以是台灣。

也許，所有的親戚都以爲柳夢梅是過大庾嶺，去赴科舉了。然而，唯他自己知道，不是的，他曾承諾於生命的，不止這麼少。生命要求於他的，也不止這麼小。必有更神聖巨大的任務，那是什麼？他也不知道，但他知道如果自己完成了那項任務，便也會附帶完成了自己。

「如果你呼叫我，我就爲你跨生越死，爲你而重履人世，我會褰裳涉水，離開冥河。」

度阡越陌，攀山涉水，過大庾嶺，走梅關，柳夢梅終於知道，能去愛一女子，竟是身爲男人極偉大的正業。

請你來，來叫醒我，我僵冷，我枯索，請你以你來自炎方的豐饒腴美來潤澤我、復甦我。然而，你又必須先愛上我，因爲冷冷的呼叫只會令我更冷更灰。只有愛，才是無邊的法力，才是超生越死的仙術。所以，眞的，你必須先愛上我，憑一幅畫，憑畫中藏寶圖一般的眼波和笑靨的描繪，你必須被鉤起我們共同的夢中的記憶，你必須想起我依稀的眉目和呼吸，你必須想起你對我的愛，我才會回應你的呼喚。踏著星光和花香而來。

《牡丹亭》故事極單純，不過是一個年輕的男孩和女孩生死以之的愛情。然而又極複雜細緻，因爲「來自炎方」的一切是如此迷人，如神話。

如果你要問我「炎方」兩字果眞如此令我動容嗎？我會說，是的，南方溫暖而華美的體質使我著迷，救贖會來自豐美的炎方。但是，如果沒有可供救美的杜麗娘，來自炎方的柳夢梅又有什麼情節可言呢？

——原刊登於二〇〇四年五月四日《中國時報・人間副刊》

楊貴妃和她的詩

一個編舞的女子，看見一個年輕的舞者，舞者將編舞者的意念如汲泉一般涓涓引出，那舞姿如風，如荷，如垂腰探水的嫩柳……

一、全唐二千二百個詩人中的一個

有一套書，叫「全唐詩」，共收了二千二百個詩人的作品，作品的數目多達四萬八千首，裝訂成二十五冊。

我深愛此書，所以買了三套，分別放在家裡和研究室裡，以便隨時翻閱。

不過，奇怪的是，我最愛看的，往往不是大詩人如李白、杜甫的詩，而是些無名詩人的詩，他們雖只有一首詩或一句詩傳世，但也往往有其特別的意義。

在這二千多個詩人中，有一位最美麗的詩人，她的名字是楊貴妃。

楊貴妃是誰？如果去問一百個人，大概一百個人都會回答說，她是古典美人。其中也許有二十個會形容一下，說，她是豐腴的美人。至於能告訴你她死於馬嵬坡的，大概只剩下十個了。

根據魯迅在《阿Q正傳》裡說的，中國男人本來都可希聖希賢的，不幸卻常敗在女人手裡。所以，對楊貴妃，傳統論述中正確的形容詞應該是「禍國殃民的妖孽」。

眞是這樣嗎？

文人雅士企圖爲她找到一點存在的意義，他們找到的大概是豔麗的容顏，受寵之際的得意，死後仍擁有聖上懷念的那份殊榮……至於那些更有想像力的，就把安祿山的開戰原因歸罪到三角戀情上去，楊貴妃成了異國姊弟戀的女主角了。（其實，她幾乎被寫成母子戀了。）

可是，對我，一個千年後的女性讀者而言，她是一個寂寞的女人。任何女人如果身在宮廷，大概都不能不寂寞吧？寂寞，因爲她是一個玩偶，她是那麼精緻的玩偶，一千年以後挪威的易卜生寫《玩偶之家》，不意竟把貴妃的一生一語道破了。

二、玄玉的不倫之戀

歷代的男性文人，不管是陳鴻，是白居易，是白樸還是洪昇（他們分別寫下《長恨歌傳》、《長恨歌》、《梧桐雨》和《長生殿》），都努力忽略史實，把唐玄宗和楊玉環寫成一對恩愛情侶。

可是，對我而言，這眞是一段「始亂」「終棄」的「不美麗的錯誤」。所謂始亂，指的是唐玄宗看上的是自己的媳婦，便從壽王李瑁身邊搶了楊玉環，再藉出家漂白一下，重新入宮。這種「不倫之戀」其罪惡的程度比巴里斯王子拐帶美女海倫要嚴重得多了。「朋友妻，不可欺」，但更複雜的是「兒子妻，怎可欺？」

對於這種罪惡，古人有個「專用詞」，叫「扒灰」。（扒灰是個歇後語，爬在灰上則污膝，而污膝和污媳同音。）任何事情如果有「專用語」，大概都不算太少見。但發生在君王身上比較特別不可原諒，畢竟，他是擁有「後宮佳麗三千人」的男子啊！

當然，如果一定要我接受這份戀情，也可以，你必須讓我相信，李隆基愛上了古往今來唯一令他相知相契的女子。沒有這女子，他的生命頓失意義，他要跟這女子生同衾死同穴，我們姑且用堅貞深厚的愛情去寬貸違反倫常的失德。

三、唐明皇，不及格的情人

但麻煩的是，考驗來了，美人死了，死於暴軍。以當時情勢言，皇上大約眞的是救她不了啦！但即令如此，男人也絕無獨自活下去的藉口。李隆基如果不能保護這位比他年輕三十六歲的女子，照愛情法則來說，那麼唯一的選擇就是用身體擋住弩箭，成爲美人的盾牌，讓兩人壯烈的死在一起。

虞姬死了，楚霸王卻活著，那還成話嗎？林黛玉死了，賈寶玉也注定非出家不可。《鐵達尼號》電影中死掉的那一個當然必須是男孩李奧納多。

所以說，李隆基等於犯了兩重罪，一是道德叛徒，二是愛情叛徒。

假如拋開這兩件壞事不談，一定要找出他的優點，我想，我可以欣賞一下他對音樂的品味，在《羯鼓錄》中有這樣的記載：

明皇尤愛羯鼓玉笛，云八音之領袖。時春雨始晴，帝曰：「對此豈可不與他判斷？命羯鼓臨軒縱擊，曲名春光好。回顧柳杏皆已微坼，上曰：「此一事不喚我作天公可乎？」

據載，這就是詞牌「春光好」的來源。

故事中的楊玉環其實我們對她全然不知，只知道她是美人。至於她的談吐，她的眉目，她的渴望，乃至她愛用的香料，我們一概無法想像。相較之下，漢代梁冀的妻子孫壽倒令我印象深刻，她雖是「美麗壞女人」，但她對美的品味卻戛絕千古，叫人神往。

四、一首詩中的情誼

對於楊玉環，如果我還知道她一點點癖性的話，那，應該就是她愛吃荔枝了。荔枝肥腴晶剔，有著熱帶水果的豔紅、香馥和甜蜜，是天真小女孩最愛的果實吧？當然，也許那其間還包含「出難題來考驗情人」的喜悅。而荔枝，後來果真用傳達戰況一般的速度傳到京城來了。

因爲貴妃的資料是那麼少，所以我在《全唐詩》中找到她僅有的一首詩，不免益覺寶貴。她的這首詩是贈給人的，這本不稀奇，古人寫詩，幾乎有一半是爲朋友寫的，但楊玉環的詩是寫給誰的呢？是寫給那老頭子情人唐明皇嗎？不是（同樣的，唐明皇也沒有詩留給貴妃）。是寫給前任丈夫李瑁嗎？也不是。原來她是寫給一位宮女的，宮女的名字叫張雲容，是貴妃的侍兒。這名字看來不像宮女的本名，可能是她的主人貴妃爲她取的。靈感則可能從李白的詩句「雲想衣裳花想容」得來。（賈寶玉不是也爲他姓花的丫鬟取了個「襲人」這樣詩意的名字嗎？）

《全唐詩》裡記錄張雲容在貴妃和明皇同去繡嶺宮的時候也一起去了。繡嶺宮即華清宮，用今人的話來說，就是他們去度假，去泡溫泉，去SPA了。這種時候想來從人不多，能夠一起去的人其身分和地位必然很特殊。換言之，楊貴妃是唐明皇所寵幸的，但楊貴妃也有她自己寵幸的人，便是張雲容，楊貴妃的詩便是在華清宮度假時寫來送她的。

貴妃因美貌而受寵，張雲容因何而受寵呢？張雲容善舞，她和楊貴妃的關係是「編舞人和舞者」。戲劇家（如洪昇）可能把舞蹈的動作安到楊貴妃身上，以求戲劇化的效果。其實，姑不論貴妃的年齡和體態是否適合跳霓裳羽衣舞，就算適合，以娘娘之尊也未必去跳，能有個十幾二十歲的年輕女子爲她起舞，怎能不令她愛煞。

這樣的旋轉，這樣的折腰，這樣的飛騰，這樣的趑趄進退，以及那些雪藕之臂或蝤蠐之頸，千燈齊燃的回眸或萬豔同凋而哀婉落地的委屈……

年輕的肌膚，彈性的四肢，貴妃看張雲容，如看自己從鴻濛中喚回來的青春的幻象。

《全唐詩》中，這首詩是這樣寫的：

羅袖動香香不已
紅蕖裊裊秋煙裡
輕雲嶺上乍搖風
嫩柳池邊初拂水

其中紅蕖是紅荷花的意思，裊裊通於裊裊或嫋嫋。貴妃，這慣於被他人讚頌的美人，此刻，卻在讚頌別人。從詩裡，我們看不出張雲容的五官面目，她想來不醜（否則很難入宮）。但似乎也並無絕世美貌，上帝的法則很少把幾樣好東西一古腦加在同一個人身上。貴妃盛讚的是，張雲容遠觀如輕煙中的紅荷，近前來則衣袖中彷彿藏著一艘遠方歸航的香料船，香味傾洩而出。她又且是山頂上吹雲的風，是池塘邊嫩黃的新柳，明明自己還柔弱似絲，卻偏偏敢去攪亂一池的水……

男女的情愛或者也有恩斷義絕之時，社稷宗廟是女子永遠打不倒的對手。但歌舞一事，自能留下人世淒絕美絕的一剎，果能擁有這一剎，塵寰種種，也就可以不爭了。

大唐盛世，開元天寶，貪嗔癡狂，終不免絃寂管滅，魂斷香銷……唯貴妃娘娘留下的一首詩裡有幾分溫煦：一個編舞的女子，看見一個年輕的舞者，舞者將編舞者的意念如汲泉一般涓涓引出，那舞姿如風，如荷，如垂腰探水的嫩柳……

——二〇〇四年二月二十日《聯合報》

跋

出書，對我來說，好像一直都是一件簡單的事。稿子夠了，有人肯出，簽個字，剩下的全是出版社和印刷廠的事了。

——但這本《玉想》不同，從整理到出書，竟拖了三年。也許我有了不該有的求全之心。既希望有比較完美的文圖配合，又希望讓讀者知道我急著想經營想建構的究竟是什麼？為此，在訂稿之後我又刪刪增增，其中〈給我一個解釋〉和〈錯誤〉是後加的。前者又用以代序，多少說明了自己寫這本書的用心。但光這兩篇文章，在心中吞吐迴環，在筆下挨挨蹭蹭，竟也磨掉了一年時光。

這本書的內容不管是抒發自己對中國式美感經驗的體會，或對別人締造的美的解釋，或是在現實中對合理生活品質的要求，其實都只圍著一個求美的概念在打轉。如果美不能成為這個民族的最後救贖，我們真要萬劫不復了。

謝謝九歌出版社的縱容，准我一改再改。也謝謝設計家王行恭（本書於民國七十九年初版時，版面規畫設計為王行恭先生）費心規畫，我們初識於赴印度尼泊爾旅次，一眨眼，已九年了，他仍是那年盛夏喀什米爾達爾湖上與天光互映的荷色，清直馨遠。

至於我自己，我有些靦腆，請將我看成十里清陂間的採蓮女子吧！暫勿論那採來蓮子脆甜與否，且看在那蓮蓬的粗皮上尚有今晨朝陽的份上吧！且看在筐簍中尚有清風與水痕的份上吧！我曾一舟獨蕩，誠心誠意想為你採擷這些水中的菁華回來的啊！

——七九、春三月，烏尖連峰

|又一輯|

細說《玉想》

「玉想」這個題目怎麼來的？

(1) 楔子

我想寫一篇關於玉的文章，那時候我剛站上大學講壇，二十六歲，是年輕的講師。在此之前，我是助教，卻已「偷偷」在教書了，免費的，替一些教授「代打」。教書是件好事，因爲學生老是不懂，他們不懂，你就有義務「說清楚」。可是，在我看一切都明明白白，哪有不清楚。但看他們的眼神，分明就是「不懂」，我才知道，我得詮釋。

譬如說玉，我說：

在我們的文化裡，

玉，不是以克拉計算的寶石，

劍，不是殺人的武器，

蘭，不是指一種花而已，它還是別的……

器，除了是「器皿」之外，它還是別的……

學生被我愈說愈迷糊了。

我那時候就想寫〈玉想〉一文。

但現代女性的麻煩是，「致學」和「生育」的黃金時間交疊在一起，二十七歲到三十歲我生育，之後哺養小孩，到了四十多歲才終於覺得自己可以重入江湖了，孩子已稍稍長大。我想寫些跟一般散文不太一樣的東西，但也不是論文，論文偏枯滯澀，一步一注，擺明了在說：

「哎，哎，請不要不相信我，我說的話可都是句句有來歷的哦！你看，這是引自某書某頁的啦……」

古人從不這樣寫文章。

四十多歲，我終於寫了我在二十多歲時想寫的一篇文章，中間隔了大約十八年吧！我希望天假以年，將來有一天，我也許能把玉形容得更好。

沒想到《玉想》出版二十多年後，它又一再被選入中學或大學的教科書，最近有家出版社要求我寫一些「寫作此文之心得」。我嚇了一跳，原來除了「讀書」須寫「心得」外，「寫書」以後也須寫「心得」，這眞是一個麻煩的世界啊！

不過，我很高興我詮釋了，也很高興爲我的詮釋作了詮釋。

⑵回答一位讀者

有人問我，我的作品〈玉想〉兩字作何解釋？我說，那要慢慢道來。多慢？要從兩千多年前說起，那時有位文人，名叫屈原。他活動的範圍在楚國，也就是今天所說湖南、湖北這一帶。屈原有點像「邊緣文人」，因爲他身不在一般人常處的中原地帶。楚國按傳統說法（那時代的傳統），算是有些邊遠荊蠻的意味——但其實不然，楚國早已悄悄成長，在財力和文化上都頗爲先進。

當時的文學作品也有「兩岸」之異，但當時的兩岸其中一岸是「黃河之岸」，另一岸是「長江之岸」。代表黃河沿岸的是「詩」，編成書後也就是後人所說的《詩經》，如果用現在流行的話來講，應該是《黃河流域的歌謠及頌辭等精選大全》。至於代表長江流域的雖也有些歌謠，但眞正強大的代表者卻是屈原。北方黃河流域的詩集是集衆人的力量合成的，詩人是些「無名氏們」，而屈原卻是個有名有姓的作者，是有其清楚的自我認知的詩人。

屈原的創作是空前的，在他被人稱作是楚辭的作品中，有一篇叫〈天問〉，這是他十分了不起的作品。

〈天問〉寫了些什麼呢？漢代整理楚辭的王逸解釋說：

「屈原（既遭）放逐，憂心愁悴，（於是乃）彷徨山澤，……仰天嘆息，見楚（地）

有先王之廟及公卿祠堂，圖畫（畫了些）天地、山川、神靈，……及古賢聖、怪物，……休息其下，仰見圖畫，因書其壁，呵而問之，以渫（洩）憤懣，舒瀉（寫）愁思。……」

（以上括號內的字，是我為了讓讀者容易明白而加的。）

那是屈原對人世失望到極點的嘶吼，這一段聽得出有嚴重傷勢的狂嘯，其內在深處想必藏著極巨大的悲痛情節，這篇文字，我們稱之為〈天問〉。

奇怪，為什麼是「天問」，而不是「問天」？屈原明明受盡委屈，只好大聲問天，題目卻反是「天問」。這一點，似乎早就有人質疑，所以，王逸也早就作了解釋，他說：

「何不言『問天』？天尊不可問，故曰『天問』也。」

天尊不可問，為了禮敬天，所以說成「天問」，這是個什麼道理呀！這裡面其實頗有些語言上耐人尋味的眞髓。

原來，如果題目是「問天」，其實便是「我問天」的省語，（否則，不免啓人疑竇，是誰在問天呢？）但「我問天」三字未免張狂直接而沒有彈性，不合乎國人的美學思維。試想「我」是主詞，天是受詞，問是動詞，而且是個勢態凶悍的「強動詞」。「強動詞」是我為了解釋方便隨意用的字眼，其實也沒什麼清楚的界線，例如「我說了算。」這「說」便是強的（特別加上口語中的重音來強調），但若是「他說說罷了！」那個「說」我認為就算弱動詞了。至於「我問你」的「問」卻不免有些來者不善，這三字即使出於柔弱得像林黛玉那種人之口，賈寶玉聽了也有三分怯意。（見《紅樓夢》第二十二回）

所以，「我問天」，不是好語氣，因爲太直太硬。如果一個人眞要去問天一些問題，不妨學蘇東坡在〈水調歌頭〉中那句「明月幾時有？把酒問青天。」的敘事辦法：

「說到美麗的明月啊，你什麼時候會容許我們擁有它啊？」

我一面手中持著酒杯，一面這樣求問於老天爺。

這樣的「問」，是側寫，是間接敘述，像英文句子裡加上了一個that，事情就沒有那麼直接而強烈的對立了。

所以，「問天」不是個好題目，「天問」才是比較好的題目。

但「天問」不是會引起誤會嗎？以爲是「天要提出什麼問題」來了。其實「天問」的正確翻譯是「天之問」，解釋得更細緻一點則是「向天所提出的問題」。

「問」字忽然從「質問」變「問題」，動詞（甚至是「強動詞」）變成名詞了，性質也就溫和多了。同樣是那幾個字，顚來倒去順序不一樣意思就大不相同了。結論是：口氣不同，態度就不同。態度不同，倫理觀和美學也就不同了。接下去，也就是整個個人的人生觀或全民族的生活哲學全然都不一樣了。

有人說，你吃什麼，你的身體就會呈現出來，當然這並不是說你吃魚會像魚，吃牛會像牛。而是說如果你沒有足夠的蛋白質，或吃了太多或太少的鹽，你的身體就會出現某種毛病。江南魚米之鄉多美女，祕訣其實便在於她們有比較優質而充足的飲食。

語言亦然，如果你聽懂了某種語言，了解它在某方面的好處，也充分吸收它在這方面的營養，那麼這種語言的好處，其實正如化妝品的廣告詞中所說的，會讓你因充分吸收了膠原蛋白而皮膚光潤健康起來。

(3)「天問」比「問天」好，好在哪裡呢？

那麼，究竟「天問」（向老天提出的問題）比「問天」（質詢老天爺）好在哪裡呢？好在沒把話說死，是有商量的餘地的。就算生氣憤怒，那些情緒也只像撒嬌，老天爺也該能接受的。

其實，每個民族的語言都有其或正經或有趣的特點，而所謂的特點有時也不免是優劣並俱的。舉個例子，像川端康成，他是黃種人裡第一個得諾貝爾文學獎的，他的作品也的確優美而深沉。諾貝爾獎有個傳統，凡得獎的人在得獎之日都要發表一篇演講，川端康成的演講中英文皆譯作「日本的美與我」，其實兩者都不算正確，勉強翻譯出來，應該是：

屬於日本的美的我

日文愛用の（之），只要有兩個名詞，他們一定要在其間加個の，他們決不說我爸、我媽、我家，他們只能說「我的爸」、「我的媽」、「我的家」。川端自認身屬日本的美感，是日本特有的美感造就了他，所以他選了這樣一個講題。這種語文的「從屬感」非常強，反映在現實生活中就是日本人普遍效忠他所從屬的公司或機構，而且團結、至死靡它。麻煩的是沒有獨立思考自我抉擇的習慣，才會引發二次世界大戰舉國上下去侵略別人而不覺其非的問題。

我自己在高中的年齡第一次知道有〈天問〉這麼一篇文章，不免爲這題目中的文法變化所迷倒，覺得這題目眞是美到不行，但它爲什麼美，我那時是說不上來的。

漸漸的，讀了中文系，教了中文系，我才逐日明白中文詞組的美妙之處，才知道我當年著迷卻說不出所以然的那些奧妙。

⑷偷招

所以，如果你說我寫下〈玉想〉這個題目是摹擬屈原的，我也絕不否認。不過「偷招」可也不是容易的事，這恰如武俠小說裡的少年，偷偷站在人家圍牆外面，留心看師父拳腳間隱密的武功招式。當然，光偷招是不行的，招是技巧，你必須有內力去點燃，只偷一輛沒有油的或極少油的「加掛」（捷豹）是沒用的。

「玉想」在哪一點上偷學了「天問」呢？基本上這兩個詞都像「倒裝」。事實上「天，是不問人的」，「玉，也不會去想些什麼」。說成玉想，是指「人對於玉的種種聯想」。順著這個思考邏輯，我又寫了一篇〈色識〉，顏色當然也不會去認識誰，我要寫的是「我驚識了顏色之美」。但說成「色識」是指，「啊，說到顏色，我有以下種種認識……」

依此類推，我其實還有兩篇作品的計劃，一時忙不過來，暫時把構想棧在那裡。

⑸葡萄牙人的《天問略》也入了四庫

說到此處，我想插入一段有趣的題外話，那就是，對「天問」二字有興趣的居然還包括一位老外。這位老外名叫陽瑪諾（Emmanuel Diaz, Junior），他有一本名叫《天問略》的書收在四庫提要裡。此人是葡萄牙耶穌會的會士，明代來華傳教，這本《天問略》的內容是天文方面的知識，此天問和屈原的天問雖然一個是文學一個是科學，兩者大不相同，但畢竟都算跟天有關，套用這題目也就不算荒謬了。而清朝屬於皇家系統的四庫編者肯把「洋鬼子」的書納入我們的「上國」文物寶庫，也眞夠「多元」、「包容」了。

「文言文」是「白話文」的祖產，祖產不繼承白不繼承。而且這份祖產很怪，老大繼承了，老二一樣可以再繼承，兒子繼承了，孫子仍然可以再繼承，國人繼承了，老外一樣可繼承。

所以，這個故事的教訓是，要想寫白話文，不妨先多讀一點文言文。就像開公司，貨源多一點總是沒錯的——何況這貨源還是免費的呢！

⑹玉的密碼

除了在題目方面做些嘗試，我也想寫象喻。中華文化博大精深，往好處說，是無盡之寶藏，取之不盡，用之不竭。但往壞處說，簡直會壓得死人。所以，也許先找一兩項容易的入手，應該不失爲一種好方法。或者經由認識玉，可以破解古老文化中的某些密碼，因而略有頓悟。玉，本是人人喜歡的飾品，有點值錢，卻不會貴到完全買不起。玉有貴有賤，貴到可以値幾座城（像和氏璧），也可以便宜到五百或一千台幣。它是最乖的寵物（如果容我把寵物分四類，「受寵之動物」、「受寵之植物」、「受寵之礦物」、「受寵之器物」），也是古人用以象徵「君子之德」的具體物件，因爲它的縝密，因爲它的瑩潤，以及它的潔淨和清聲遠揚。說到它的好聽的聲音，略近乎磬，卻更清脆，任何人都可以做個實驗，就是把兩塊玉吊起來懸空互撞，那是外行人檢驗玉的一種手法。

世上萬物本來就只是物，只是一旦和某種情份、某種記憶綰結在一起，它就有了特殊意義。譬如說，看到蓮花座，就會想到佛教，看到玫瑰，好像就會聯想到聖母馬利亞或情人節，百合花好像已劃歸基督教，和回教有關的是一鉤新月以及那顆洋蔥頭似的建築屋頂……。

一塊玉只是一塊玉，但它像歷史書裡的小句點，處處都可看到它的影子。傳統文人最愛的玉一般以羊脂玉爲主，因爲它柔軟好雕刻，常能做成極巧妙的造型，觸摸起來手感極美。比羊脂差一些的一般白玉，或青灰色的玉也都受到歡迎。至於貴婦手腕上戴的翠玉鐲子卻是另外一種，翠玉很値錢，而且碧熒熒的很漂亮，硬度也高，但傳統文人說的玉仍是白玉，溫潤柔和，這才是「正統玉」。

國人愛玉的故事是說不完的，嚴重的甚至想吃玉屑，有錢有勢的會去穿金縷玉衣入殮，就算一般人，也會買一兩塊來玩玩。有學者認爲這是整個民族集體對石器時代的記憶，石頭太大，我們想辦法保留一塊小玉，用以紀念那個人類成長的偉大年代。每一塊玉，都是一組密碼，或半塊符信。是密碼，等待的是解讀，是符信，等待的是另外半塊的出現，並且接合、印證。

能認識玉、愛賞玉、書寫玉，是多麼可貴的權利啊！至於有沒有足夠的錢去買下一塊極品美玉，好像也不太重要了。

——原載民國九十九年五月五～六日《中華日報・副刊》

玉想

國家圖書館出版品預行編目 (CIP) 資料

玉想 / 張曉風著 . -- 增訂新版 .
臺北市：九歌出版社有限公司 , 2021.01
面；　公分 . --（張曉風作品集；15）
ISBN 978-986-450-324-7(上冊：平裝)

863.55　　　　109019823

作　　者——張曉風
創 辦 人——蔡文甫
發 行 人——蔡澤玉
出版發行——九歌出版社有限公司
臺北市八德路 3 段 12 巷 57 弄 40 號
電話 / 25776564 傳真 / 25789205
郵政劃撥 / 0112295-1

九歌文學網　www.chiuko.com.tw

印　　刷——晨捷印製股份有限公司
法律顧問——龍躍天律師 ・ 蕭雄淋律師 ・ 董安丹律師
初　　版——1990 年 7 月 10 日
增訂新版——2021 年 1 月

定　　價——380 元
書　　號——0110115
I S B N——978-986-450-324-7